浪花朵朵

大作家写给孩子们

黑塞童话故事

[德]赫尔曼·黑塞 著

钟皓楠 刘晓 译

上海人民美术出版社

目　录

周幽王

在古代中国的历史上，统治者和政治家很少因为受爱情的影响而走向沦亡。但也有几个罕见的例子，其中一个就是周幽王和他的妃子褒姒的故事。

周朝的西部和好几个野蛮部落相邻，都城镐京也处于危险地带的中心，时不时就会遭受那些部落的进犯和抢劫。因此统治者必须尽可能地加强边境保护，尤其是要保护好都城。

周幽王并不是一位愚蠢的政治家，他知道要听取谋臣的合理建议。历史书告诉我们，他懂得通过机智的策略来弥补边境防守上的不足，但所有这些令人赞叹的安排都因为一位美丽女子的任性妄为而毁于一旦。

事情要从头说起。周幽王在各位诸侯的帮助下，在西部边境上建起了防线。跟所有的政治产物一样，这条防线也具有双重意义：既是道德上的约束，也有机械上的功用。道德约束的基础是各诸侯及其官员的忠心，他们立下誓言，一旦接到紧急求救信号就立刻带兵前来，保卫国都和君王。从机械上的功用来看，周幽王专门命人在边境上修建了一套设计精妙的塔楼系统。每座塔楼上都有看守日夜值班，并且配备

了巨大的战鼓。[1] 如果有敌人进犯边境，最近的塔楼就会敲响战鼓，听到鼓声的塔楼也会马上击鼓，就这样，鼓声从一座塔楼传到另一座塔楼，在很短的时间里就会传遍整个国家。

在很长一段时间里，周幽王都忙着设计这套巧妙又高效的装置，他一直在和诸侯们会谈，听取建筑师的报告，命令看守值班。他心爱的妃子名叫褒姒，是一个美丽的女子，懂

---

[1] 本文讲述的是周幽王烽火戏诸侯的故事，但依据的是《吕氏春秋》版，在这个版本中，周幽王没有点燃烽火，而是用击鼓的方式来传递消息。

得如何揣摩和影响君王内心。对于一个统治者和他的国家来说，这种影响力有点太大了。褒姒紧跟着周幽王，以极大的热情参与了边防工程的建设。她就像一个聪明活泼的小女孩，怀着赞叹和渴望，站在一旁看着大一些的孩子们玩耍。为了让她看得更明白，其中一位建筑师为她做了一整套边防工程的陶土模型：每座小巧精致的塔楼里都有一个极小的陶俑，还挂着小小的铃铛，用来代替战鼓。这个漂亮的玩具让褒姒开心不已，当她偶尔心情郁闷的时候，她的侍女们会建议她玩一局"野蛮部落入侵"的游戏。她们会把所有的塔楼都摆出来，拉响那些小巧的铃铛，这让她觉得非常有趣。

周幽王一生中的大日子来了，边防工程终于完工，战鼓已经竖起，鼓手们也训练完毕。他们现在要做的，就是根据事先的约定，选择一个良辰吉日，进行一次边防演习。周幽王对自己的杰作感到很骄傲，心情非常激动；大臣们站在一旁，准备献上美好的祝愿。但在所有人中，对此最为期待、最为兴奋的是美人褒姒，她急切地等着所有的筹备仪式赶快结束。

之前让这位妃子乐在其中的"野蛮部落入侵"游戏，马上要真正地上演了，这还是第一次呢。她几乎忍不住要参与到演习中，亲自发布命令。她的热情炙热似火，整个人激动得溢于言表，周幽王严肃地看了她一眼，她这才克制住自己。那一刻终于到了！现在一切都是真实的了，鼓手们在真正的塔楼里敲响真正的战鼓，让真正的士兵玩"野蛮部落入侵"的游戏，以验证整套系统是否具有真正的保障性。周幽王发出信号，官员向骑兵队队长发布敲响战鼓的命令。战鼓雄浑的声音喧响滔天，庄严而沉重的敲击声重重地落在每个人的耳畔。褒姒激动得面色苍白，身体开始颤抖。巨大的战鼓有力地唱起撼天动地的冷酷战歌，一首充满警示与威胁的歌，满载着未来，充斥着战争与饥荒，盈满了恐惧与没落。所有人都心怀敬畏地聆听着。然后鼓声逐渐变弱，人们听到下一处塔楼的回应，声音遥远、微弱，很快就消失了，然后就什么也听不到了。过了片刻，庄严的寂静结束了，人们又开始走来走去，彼此交谈。

在这段时间里，沉重、轰响的鼓声从第二座塔楼传到了第三座，然后传到了第四座……第十座……第三十座。鼓声所到之处，每一个士兵都必须立刻武装好自己，带着充足的口粮赶到集合地点。每一名队长、每一位长官都必须刻不容缓地整队行军，全速前进，把军令送往全国各地。鼓声传到哪里，哪里的士兵就要停止劳作、吃饭、游戏或睡觉，收拾好行装，骑上骏马，集合行军。在很短的时间里，所有邻近的地区都必须派出军队紧急赶往都城镐京。

　　此时，在都城里，人们因可怕的鼓声而产生的恐惧与紧张情绪很快就消散了。人们在花园里闲逛，激动地鼓着掌。整座城市都在庆祝，热闹至极。从开始击鼓后不到三个小时，就有一些或大或小的骑兵队伍从两个不同的方向奔向都城，之后每个小时都有新的部队抵达。这一整天和随后的两天都是如此，周幽王和文武百官们都越来越振奋。周幽王得到了数不清的致敬与祝贺；建筑师们被邀请参加君主所赐的盛宴；敲响第一座塔楼战鼓的鼓手被人们献上花环，簇拥着上街庆祝，每个人都争相送礼物给他。

　　褒姒被这种场面深深地吸引了，她如痴如醉，无限神往。她一直沉迷的塔楼与铃铛的游戏成真了，而这一切远比她想象的还要辉煌。神奇的命令一下，鼓声那巨大的声浪就笼罩世界，然后消失在空旷的土地上；用不了多久，它调动的力量就从远处奔涌而回，生机焕发、气势如虹、令人惧怕。每一面战鼓那震撼人心的怒吼，都化作了一支军队，只见一支支由成百上千名全副武装的士兵组成的军队，以暴风之势源源不断地从地平线上飞速赶来。随着喧响声越来越大，都城内外慢慢聚满了弓箭手、轻骑兵、重骑兵和长矛手。热情的老百姓把他们接到各自的驻扎地点，并举行了欢迎仪式盛情款待他们。军队就地安营扎寨，生起了营火。营火日夜燃烧，士兵们就好像童话世界里的精灵，从灰暗的土地里钻出来，远远看去，显得缥缈又微小，他们被飞扬的尘土裹挟，最终来到这里，只为了在朝廷官员和心醉神迷的褒姒眼前站得密密麻麻，在真实的世界里列队成军。

周幽王很满意，尤其对他可爱妃子的入迷感到满意。她像一朵花一样快乐地绽放光芒，在此之前，他从未觉得她如此美丽过。可惜节日庆典并不能一直持续下去，即便这次庆典如此盛大，也会逐渐停息，让位于日常生活。再也没有奇迹发生，再也没有童话成真。清闲又任性的人可无法容忍这样的日子。盛典结束的几个星期后，褒姒失去了所有的好心情。自她品尝过这次大演习的滋味以来，用陶土做的小塔楼和拴着绳子的小铃铛进行的小游戏就变得淡而无味了。啊，那时的场面是多么令人陶醉啊！如果现在要再玩一次这种能给人带来极乐的游戏，可以说是万事俱备：塔楼就高高地矗立在那里，战鼓就架在那里，士兵们就在那里站岗，鼓手们就穿着战袍坐在那里。一切都在等待着，等待那道伟大的命令。只要命令不来，一切就都是死的、毫无用处的！

褒姒不再发笑，她失去了光彩照人的笑容和无忧无虑的性情。周幽王闷闷不乐地看着自己独宠的爱妃。他必须赐予她最昂贵的赠礼，才能换取她的一个微笑。这时候如果他能认清情势，为了职责舍弃一点甜蜜的温柔，那就好了。但他的意志力太软弱了，对他来说，让褒姒再次开怀大笑似乎比什么都重要。

因此他屈服了，虽然也有过抵抗，但还是慢慢地屈服了。褒姒让他忘记了自己的职责。在她无数次请求他满足她心中唯一的宏愿后，他终于同意向边防系统发出信号，谎称敌人就在眼前。很快，战鼓那低沉浑厚、激动人心的声音响了起来。这一次，周幽王觉得这鼓声很可怕，就连褒姒也被这个声音吓到了。但之后，精彩的游戏再次重演：地平线上出现了一小朵一小朵的尘土，无数支部队骑马或步行前来，将领们躬身行礼，士兵们搭起帐篷，整个过程持续了整整三天。褒姒很开心，笑靥如花。但周幽王的日子却并不好过。他不得不承认并没有敌人入侵，一切都很平静。他试图把发出假警报解释成一次有益的演习。没有人反驳他，他们鞠了一躬，接受了这个借口。但军中传言，大家都上了周幽王的当，他仅仅为了取悦宠妃就拉响了整个边境的警报，让数万人疲于奔命。多数武官一致表示，以后都不会再遵从这样的命令了。与此同时，周幽王努力通过奢华的款待来抚慰不满的军队。就这样，褒姒的心愿达成了。

在她还没有再次陷入低落的情绪，要求再次重复这个肆

无忌惮的游戏时，他们就受到了惩罚。可能是出于巧合，也可能是这个消息传到了西部的野蛮部落那里，总之有一天，突然有一支庞大的军队从边境上蜂拥而来。他们立刻向塔楼发出信号，沉重的鼓声发出急切的警告，一直传到了最远的边境。尽管这个著名的"玩具"具有非常优秀的机械原理，现在却失去了效用——战鼓敲响如常，但这一次，这个国家的武官和士兵却无动于衷，置若罔闻。周幽王和褒姒徒劳地向四方张望，没有任何地方扬起哪怕一丝尘土，没有任何地方赶来哪怕一小支灰头土脸的队伍，没有任何人愿意施以援手。

周幽王只好率领着自己仅有的几支部队匆忙迎敌。但对方人数众多，他们打败了周幽王的军队，占领了镐京，摧毁了宫殿和塔楼。周幽王失去了国家和生命，他的宠妃褒姒也死去了，今天的历史书还在讲述她那祸国殃民的笑声。

镐京被夷为平地，游戏酿成了恶果。从那以后，再也没有战鼓，再也没有周幽王，再也没有开怀大笑的褒姒。周幽王的继任者周平王别无选择，只能放弃镐京，向东迁都。他不得不与邻近的诸侯结盟，并向他们割让大片的土地，以此换取未来的长治久安。

（1929 年）

一个名叫齐格勒的人

从前，在酿酒工胡同里，住着一个年轻男子，他的名字叫作齐格勒。他属于那种我们在大街上天天都能看见，而且总是不断遇到的类型，我们压根儿没法记清他的长相，因为那种类型的人都长得一样：他们拥有一张大众脸。

齐格勒可以是这类人当中的任何一个，他做的也都是这类人常做的那些事。他生性不算愚钝，但也没什么天赋长处；他热爱物质与享乐，喜欢把自己打扮得漂漂亮亮；同时，他也跟大部分人一样胆小懦弱。他做任何事的动机，与其说是受雄心壮志的驱使，倒不如说是出于对惩罚的恐惧——这不可以、那不应该，各种禁令左右着他的生活。也正因如此，他身上有许多正派的地方。总的来说，不管怎么看，他都是个不招人烦的普通人，他也觉得自己很可爱、很重要。他跟每个人一样，将自己视作一个有个性的人，而事实上，他只是一个模子刻出来的众多样品之一。他觉得，自己的命运就是这整个世界运转的中心，巧的是，所有的普通人都是这么想的。他从不质疑什么，一旦事实真相与他的世界观发生冲突，他就会不以为然地闭上双眼，表示拒绝接受。

　　作为一名现代人，齐格勒对强大的科学也抱有无限的敬意。可要让他讲讲科学是什么，他肯定一个字都蹦不出来，提到科学，他想到的大概就是统计学，或者还有细菌学之类的东西。不过有一点他倒是很清楚，国家把不少金钱与荣誉都留给了科学。而在所有跟科学沾边的人事物里，他格外敬佩从事癌症研究的那群专家，因为他父亲当初就是因为患癌而去世的。齐格勒心想，从那时到现在，科学已经取得了长足的进步，肯定能保证同样的悲剧不会在他身上重演了。

　　在打造自己的仪容这一点上，齐格勒特别花心思，他尤其执着于穿戴一些稍微超过自己消费水平的服装。那一年流行什么，他就穿什么，持之以恒地追求流行。可要是按季度或月份来跟随潮流趋势的话，他又觉得过于愚蠢了，因为就算他想追，他的荷包也追不上。

　　他这个人，脾气还不小，每当和那些跟他身份地位差不多的人在一起，并且确保没什么风险时，他总会对上司破口大骂。我可能花费了太多的笔墨来描绘这个人物，但齐格勒确实是个有意思的年轻人，而他身上的很多东西，我们亦再也找寻不回来了。因为他的结局来得太早且太不寻常，与他所有的计划及合理的期待背道而驰。

他搬来我们这座城市之后没多久，就打定主意要过一个愉快的周日。初来乍到，他还没结交到什么真正的朋友，因为犹豫不决，他也没加入什么协会或俱乐部。这可能就是招致他不幸的根源——总一个人待着，不是什么好事。

于是，他只剩下一条路好走了，那就是从参观城市的各大著名景点开始，他先前已经咨询过相关信息，还算得上熟悉。经过深入细致的考察，他挑中了历史博物馆和动物园这两个地方。周日上午，历史博物馆的门票免费；下午，动物园的门票有优惠。

到了周日，齐格勒身着那套他特别钟爱的、带布纽扣的新西装，前往历史博物馆。他还把自己那支细长优雅的散步手杖也带上了。那支手杖是方形的，涂着红漆，给主人增添了一种别样的风采。然而可惜的是，拿着它参观，于人于己都实在是太不方便了，于是在进入展厅之前，那支手杖就被看门的人给收走了。

宽敞的空间里，可参观的东西太多了，虔诚的访客在心中对无所不能的科学赞叹不已。在这里，科学那值得嘉奖的可靠性再一次得到印证，这是齐格勒认真阅读橱窗上的说明得出来的结论。那些老物件，比如生了锈的大门钥匙、断掉且变成铜绿色的项链以及其他类似的展品，都因这些说明而被赋予了一种令人讶异的趣味与意义，简直不可思议！科学要探究的东西那么五花八门、包罗万象，它几乎掌控了一切，又是那样自信于一切尽在掌握之中。噢，可不是嘛，它一定很快就能够彻底消除癌症，说不定还能消除死亡本身呢。

在第二个展厅，他发现了一个玻璃柜子，那上面的玻璃反射效果之佳，足以吸引他安静地花上一分钟，检查一下自己的西装、发型、衣领、裤子上的皱褶以及领带扎得够不够正。仔细地整理过一番之后，心满意足的他欢欢喜喜地深吸了一口气，继续向前走去。很快，几件出自旧时木雕艺人之手的作品吸引了他的注意力。这些家伙虽然幼稚，但也挺有能力的，他在心中大发慈悲似的下了这么个论断。后来，他又耐着性子，对着一座象牙制的古代座钟端详了好一会儿。这座钟在整点报时的时候会弹出来一个跳舞小人儿。可很快，这套动作开始让他感到有点无聊了，他打着呵欠，时不时地将怀表掏出来看看，其实他也想借此展示一下，这从他父亲那儿继承来的宝贝

可是足金的呢。

　　他遗憾地发现，距离吃午饭还有好长一段时间，于是他走进了另一个房间，那里面的玩意儿看上去似乎能够再度激活他的好奇心。这里陈列着中世纪的魔法里会用到的物品，像是符咒书、护身符、女巫服饰等。另外还有个角落，再现了炼丹术工坊的场景，摆放着锻炉、研钵、球形烧瓶、干燥的猪膀胱、风箱和其他一些东西。这个角落被人用一条毛线编的绳索跟其他区域分隔开来，旁边还立了块小黑板，上面写着"禁止触碰展品"。不过，这种小黑板上写的字，从来都没有人细看，而且，这会儿展厅里只有齐格勒一个人。

　　于是，他毫不迟疑地将手伸过绳索，摸了摸其中几样稀奇古怪的东西。关于中世纪和它那些滑稽可笑的魔法，他已经听过也读过不少了。当时的他根本没法理解，为什么那会儿的人会把心思花在这些幼稚的东西上面呢？为什么不干脆把那一套巫师们骗人的把戏跟他们用的玩意儿都一并禁掉呢？但不管怎么说，炼金术应该获得人们的谅解，毕竟从它发展出了有用的化学嘛。天哪，这么一想，那些炼金的坩埚和那一大堆蠢到家的破铜烂铁反而是有必要的，不然今天就不会有阿司匹林的存在了！

　　无意之中，他又拿起了一颗颜色暗沉的小球，那小东西看上去是颗药丸，既干瘪又轻飘飘的，没什么重量。齐格勒把它夹在指尖，捻了两下就想把它放回去，这时，他听见身后传来了脚步声。他回过头一看，另外一位参观者也走进了展厅。这让齐格勒登时局促不安起来，因为那颗小球还被他握在手里，但显然，他已经读过小黑板上写的警示语了。于是，他合上手掌，将小球揣进兜里，走出了博物馆。

直到走在大街上，他才想起，兜里还有颗药丸呢。他把它掏出来，准备扔掉。不过，在这么做之前，他把它放到鼻子下面闻了闻，那玩意儿有一股淡淡的树脂般的香味。这下，他的兴致被勾了起来，他又把它重新塞回了兜里。

这会儿，他走进了一间餐厅，点好了要吃的食物，又随手翻了翻几份报纸。他时不时用手指摆弄一下自己的领带，顺便打量着其他用餐的客人，他的眼神时而充满尊敬，时而高傲不屑——具体是哪种，要取决于别人的穿着。餐点还要再等一会儿才能被送上来，于是，齐格勒先生从兜里掏出了那颗自己误打误撞偷走的由术士炼制的药丸，又闻了闻它的味道。紧接着，他

用食指的指甲在它的表面轻轻地刮了几下，最终，他没能抵御得了内心幼稚的冲动，还是把它放到了嘴边。那颗药丸很快就溶解在齐格勒的口腔之中，没有产生任何令人不适的味觉刺激，他用一口啤酒将它完全顺下肚去。等药丸落肚的时候，他的餐点也来了。

下午两点，这位年轻的先生跳上一辆有轨电车，坐到动物园下车后，来到入口处，买了一张周日特价票。

他脸上挂着和蔼亲切的微笑，走进猿猴馆，在关着黑猩猩的大笼子前驻足观看。那只身形硕大的黑猩猩朝他使了个眼色，友好地点点头，然后用低沉的嗓音吐出了这几个字："过得还好吗，我的小兄弟？"

这可把齐格勒给吓坏了，他觉得这事既恶心又古怪，赶忙转身跑开。他边往前跑边听到黑猩猩在他身后叫骂："这伙计还挺骄傲的呢！扁平足，大笨蛋！"

齐格勒慌慌张张地跑到了长尾猴的笼子旁。那群动物见到他，欢腾得手舞足蹈，还边跳边大喊："扔些糖过来，同志！"当发现这个"同志"身上一块糖果都没有的时候，它们立马翻了脸，不但模仿他的举动，称呼他为饿死鬼，还冲他龇牙咧嘴。他可受不了这个，踉踉跄跄、稀里糊涂地逃出了猿猴馆。他的步子现在迈向鹿和狍子的区域，心中暗自掂量着，那些动物的姿态可端庄优雅多了。

一只壮硕的雄性驼鹿正站在离围栏很近的地方，端详着这位访客。齐格勒此刻被吓得心头一颤。因为自打他吞下了那颗古老的魔法药丸之后，他竟然能听得懂动物的语言了。而驼鹿是用它的双眼来说话的，用那两只铜铃般的棕色眼睛。它宁静的目光里诉说着威严、顺从与悲伤，对眼前这位观赏者，它表达出的则是一种深思熟虑后的蔑视，那蔑视让人不禁毛骨悚然。在这宁静庄严的眼神里，齐格勒听懂了它想说的：这个人，虽然身上有礼帽、手杖、怀表与西装撑场面，却跟一只害虫、一头可笑的畜生没什么两样。

从驼鹿身边逃走后，齐格勒去了山羊那里，又从那边跑去了圈养羚羊的地方，接下来他又造访了羊驼、角马、野猪、棕熊。这些动物倒是没有都侮辱他，但无一例外地对他表示了轻蔑。他倾听它们的交谈，并从中了解到它们对人类的看法。它们是怎么看待人类的？答案简直骇人听闻。在对于人类的种种疑惑中，它们尤其诧异的是，怎么偏偏是那群面目可憎的两脚动物，反倒可以身穿浮夸冶艳的服饰，自由自在地在外面乱跑呢？

他听到一只美洲狮与它的幼崽聊天，对话中充满了朴实中肯的真知灼见，而这在人类的言语中反而很少见。他听到一只俊美的猎豹用简洁恰当的高雅词汇倾诉：那些周日来参观动物园的游客有多无赖。他与一只毛发金黄的狮子四目交汇，并从中了解到，没有牢笼、没有人类的野外生活是多么广阔、多么美妙。他看见一只红隼神情阴郁但又不乏骄傲地坐在一根枯枝上，僵直的身躯透露着沉重的愁绪。他也看见松鸦用体面的举止、洒脱的态度及幽默感来度过日复一日的牢中岁月。

此刻的齐格勒神情恍惚，他被硬生生地从自己固有的思维模式中扯了出来，绝望之下，他重新走入人群。他试图找到一只眼睛，能看懂他的困境与恐惧；他偷听人们的对话，希望能听到些使他得到慰藉和理解的言语；他留心观察游客们的表情与姿态，想要在他们身上多少找到些尊严、自然、高贵和宁静。

可是，现实让他失望透顶。他听到了声音与话语，也看到了动作、表情与眼神，但现在的他是从动物的视角来观察一切，所以他看到的，只是一个跟动物长得相似，本质却虚伪堕落、矫揉造作、谎言连篇、毫无美感可言的群体，一个掺杂了所有动物的特点、华而不实的物种。

绝望之下的齐格勒四处乱走，想找个出口离开，他对自己的存在感到难以遏制的羞耻。那根方形的手杖早就被他扔进灌木丛里了，紧接着还有他的手套。这会儿他又甩掉了帽子，脱下了长靴，扯开了领带，正趴在驼鹿的围栏前啜泣呢。这种行为引来了不少人围观，最终，齐格勒被抓起来，送进了医院。

（1908 年）

诗人

　　相传，中国诗人韩福年轻时对诗歌心怀一种玄妙的欲念。但凡与诗艺相关，他无一不学，但凡所学，他无一不精，且不达至臻境界誓不罢休。那时，他尚在位于黄河岸边的故乡生活，享受着家中父母温柔的呵护。在父母的期许和佐助下，他与当地一位大家闺秀订立了婚约，只待择定吉日，结为连理。当年的韩福年约二十，是一名相貌堂堂、谦逊有礼的青年才俊，举止得宜，颇有学识，年纪轻轻就因为写过数首文采一流的诗作在当地小有名气。他的家世虽然称不上大富大贵，但也算殷实，更何况未进门的妻子还将带来一笔可观的嫁妆。不仅如此，那位未婚妻还生得面容秀丽，品格也十分端正。可以说，青年韩福此刻的人生已无憾无忧。但他却仍不满足，因为他满怀雄心壮志，誓要成为千古第一诗人。

　　那是一个夜晚，人们正在河边庆祝灯节，韩福独自一人在河对岸散步。他身靠一棵向水而生的大树，看见河水中倒映出千百盏花灯，正随水波浮动、闪烁。小船与竹筏上坐满了男男女女，他们彼此问候致意，身着为庆典准备的锦衣华裳，像美艳的花朵一般在夜空里放射出耀眼的光芒。他听见被照亮的河水的喃喃低语，还有歌者的吟唱、齐特琴①的嗡鸣与笛手吹奏出的甜蜜曲调。他仰首，望见蓝底的夜空好似庙宇的穹顶，飘浮在这一切景象之上。这个年轻人的心扑通直跳，他多么想要走向对岸，到未婚妻与好友的近前去，与他们一道享受这欢乐的节日氛围；但他无法抑制自己内心更加强大的一种渴望——作为一个旁观者，将这一切尽收眼底，并为此写一首完美的诗歌。他要写下那夜空是何等之蓝，写下水面的光影游戏，写下游客们怀揣的欢欣与喜悦，也写下他本人——在岸边背倚大树的安静的观察者——的夙愿。

他感到，这世上所有的庆典、所有的欢愉，都未曾让他的内心产生过一丝真正的快活，就算在生活当中，他也始终是一个孤独的人。从某种程度上来说，他只能做一个旁观者和局外人。他觉得，自己的心性天生如此，身处人群却仍感孤独。感知这世间

---

① 作者指的或为古筝。

的美，他要；心中对做一个局外人的那种隐秘的需求，他也要。这两者对他来说缺一不可。他变得悲伤起来，陷入了沉思。他意识到，只有成功地将世间的一切景象都转化入诗，让自己在诗中永生，才能获得真正的幸福与深层的满足。

正当韩福不知自己是梦是醒之时，耳畔传来一声轻微的响动，他定睛一看，树干旁站着一位陌生老者，身着紫色长袍，表情威严，令人肃然起敬。韩福起身，端端正正地对这位老者行了个礼，而老者则微微一笑，吟起了诗句，内容正是韩福方才的所感所思。他的遣词造句、起承转合是那样完美且优雅，诗中泰斗们的格律技巧都被他信手拈来，青年韩福惊愕得一时间仿佛停止了心跳。

"天啊，您究竟是何方神圣？"他深鞠一躬，大喊道，"您竟能洞穿我的灵魂，吟出我在所有师长那里都不曾耳闻过的高明诗歌？"

陌生人再度微微一笑，那是专属于登峰造极、功成名就者特有的笑意。他开口道："你若想要成为一名诗人，可来寻我。西北群山深处、黄河发源之地便能找到我的居所。本人名唤妙言大师。"

言毕，这名老者便转身遁入了狭长的树影之中，旋即消失不见。韩福怎么也找不到他，便确信，刚刚那只不过是一场梦罢了。他匆忙赶到船只旁，加入了欢庆的队伍，只不过，在众人的交谈与笛声之间，他仿佛还是会不时听见那个陌生人神秘的声音，自己的灵魂也像是被那个陌生人吸引走了。此刻的他坐在那里，却置身事外，好似眼前的一切皆与他无关，目光有如梦游者般迷离，周围的人都在打趣他。

几天后，韩福的父亲想召集亲朋好友，一同来商定大婚的日期。这却遭到了准新郎官的反对，他说："请原谅我的不孝，可您也清楚，我多么想精进自己的诗艺。就算朋友们都对我的诗作赞赏有加，但我自己心里明白，在这条成为杰出诗人的路上，我还只是个初出茅庐的新手。因此，我请求您，再给我一点点独处的时间，潜心研究。若是先有了妻子与家庭，我就会被羁绊住，再也没有心力纵情于诗海了。眼下我尚年轻，身上没有什么担子，我想再过一段精研诗艺而不受打扰的日子，期望这样的苦修能带给我喜悦及声望。"

这番话让他的父亲吃惊不已："看来，你对这门艺术的挚爱一定超越了一切，甚至为此推迟自己的婚期都在所不惜。还是说，其实是你与未来的新妇之间发生了什么不愉快的纷争，如果真是这样的话，不妨对我直言，我可以帮你劝解她，或干脆为你另觅佳人。"

可他的儿子发誓，自己对未婚妻的爱意不曾减弱过一分，二人之间也不曾有过任何争吵的阴影。同时，他还给父亲讲述了自己在灯节当天，于梦中与一位大师相识的经历。此刻，对他而言，世间最大的幸福莫过于成为大师的门生。

"好吧，"他的父亲说，"那我就给你一年的时间，让你尽情追逐梦想。那位大师，或许真是上天派来点拨你的。"

"也有可能要花上两年的时间，"韩福踌躇不定地答道，"这谁又能知道呢。"

父亲心情有些沉重，听罢就把他给打发走了。韩福立即动笔，写了封信给未婚妻道别，随后便离开了家乡。

长途跋涉之后，韩福抵达了河流的源头，只见空旷的山谷之中有一间孤寂的小茅屋，屋前铺着一张草编的席子，坐在那上面的正是他当初在河岸边邂逅的那位长者。长者盘腿端坐，正弹奏着琉特琴①。他看见来访者正满怀敬畏之心一步步向自己走来，既没有起身，也并不打算问候，只是微笑着，任由手指在琴弦上飞动。一段如梦似幻、令人着迷的旋律从他的指尖缓缓流淌而出，像银色的云朵飘过山谷。

---

① 作者指的或为琵琶。

而那位来访的青年惊诧不已地立在一旁，于讶异中将其他的一切都抛却在脑后。直到妙言大师放下那把小巧的琉特琴，走入屋中，韩福才回过神来，恭敬地跟随着他的脚步，走进了那间小屋，在这里住了下来，成为他的仆人与学生。

一个月过去了，韩福渐渐有所领悟，对自己曾经写的所有诗都不屑一顾，把它们全部从自己的记忆中清除了出去。

又过去了几个月，他把从前在家的时候跟各位师长学来的那些诗歌也都从脑海里清除掉了。大师几乎从不跟他交谈，只默默地教授他琉特琴的弹奏技法，直到这名学生从头到脚、所思所想都只剩下音乐为止。有一回，韩福作了一首小诗，描绘了两只鸟儿在秋日飞翔于空中的场景。他本人对这首诗颇为满意，但没有勇气将诗作直接呈给大师审阅。一天晚上，韩福跑到屋外，把它给吟唱了出来。大师听见了，一言不发，只是轻抚着琉特琴。

暮色降临，四周的空气渐渐转凉，虽然是仲夏时节，但一阵疾风骤起，铅灰色的夜空中突然掠过两只苍鹭，它们飞得那么迅疾，那么壮美，比韩福用几行诗句刻画出的更加美妙。这让那年轻人既伤心又丧气，他沉默不语，觉得自己一无是处。那位老者每次都是如此传授诗艺，转眼间一年就过去了，韩福已经将琉特琴学得几近炉火纯青，但诗歌却在他的眼里变得越来越艰深晦涩，也越来越遥不可及。

当时间过去两年整的时候，年轻人开始不可遏制地思念起了家乡，他想念自己的家人，也想念他的未婚妻。于是，他请求大师允许他踏上返乡的旅程。

大师微笑着点了点头。"你是自由的，"他说，"去向何方，都由你一人决定。你或许会再回到这里来，或许会留在家乡，一切都随你的心意来。"

于是，韩福启程了，他不知疲倦地一路前行。直到一天早上，他在曚昽的晨曦中抵达了故乡的河岸边，越过拱桥，便可望见生于斯长于斯的那座小城。他偷偷地潜入父亲家中的花园，透过卧室的窗子，听见父亲在沉睡中的呼吸声。他又溜进未婚妻家中的果园，爬上一棵梨树，正好瞥见未婚妻立于房中，梳理着自己的秀发。他把面前这一幕幕场景，跟自己曾因思乡之情而在脑海里描摹出的一幅幅画面做了个比对，顿时明白自己注定要做个诗人。在诗人的梦境中出现过的美丽，是人们永远无法在现实中找到的。

于是，他从树上爬下来，逃出了果园，越过了拱桥，离开了家乡，重新回到了那座山谷之中。他看到年迈的师父仍坐在茅屋前简朴的草席上，就跟他当初第一次来时一模一样。大师仍然弹奏着琉特琴，没有对韩福致以任何问候。这回，他张口念诵了两句诗，歌颂了艺术给人带来的喜悦与幸福，其意义之深厚、音韵之和谐，让韩福热泪盈眶。

韩福再一次选择了留在妙言大师的身边。他已经熟练掌握了琉特琴的演奏技法，大师便开始教他如何演奏齐特琴。时光如西风吹雪，一转眼，几个月过去了。韩福再度遭受着思乡之苦的侵袭。这回，他决定趁夜色偷偷离开，可还没

等他抵达山谷的第一个转弯处，就听到夜风中传来阵阵的齐特琴声，飘送过来的音符贯穿了他的全身，声声都在唤他回头，对此，他根本无力招架。

又有一回，韩福做了个梦，梦里他在自家的花园中栽下一株树苗，他的娇妻站在一旁，而他们的儿女则正用美酒与牛奶浇灌着树苗。韩福从梦中醒来，月光洒进房间，他心烦意乱地起身下床，发现大师正在一旁打着盹，灰白的胡须随着呼吸一起一伏地微微颤抖。就在这一刻，韩福对面前这个人突然生出一股苦涩的仇恨，仿佛就是他毁了自己的一生。他原本应许给自己美好的未来，却未能兑现。韩福真想立刻扑过去跟他拼命。就在此时，老者张开了双眼，随即微笑起来，流露出一种略带悲伤的温柔与慈爱，这立刻让学生消除了怒气。

"你还记得吗，韩福，"长者轻声说，"你是自由的，想做什么，都可以去做。你可以返回故乡、种植果树，也可以怨恨我，都没什么大不了的。"

"唉，我对您怎能恨得起来啊！"韩福激动地大喊，"这就像是要我去憎恨上天一样难啊！"

于是，他留了下来，继续学习齐特琴。之后，韩福学会了如何吹奏笛子。再之后，他开始在大师的指导之下学习写诗。韩福不慌不忙地钻研着那门隐秘的艺术，体会如何用看似最质朴的语言，如轻风拂过水面一般，搅动听者的灵魂。他描绘旭日东升时，会形容它如何从山峦的边缘犹疑着露面；他描绘鱼儿在水中倏忽而过时，会形容它们如何像影子一样遁入水底；他描绘幼嫩的柳条时，会形容它们如何在春风中摇曳摆荡。当人们听到这些诗句的时候，他们眼前浮现的并不只是旭日东升、鱼儿嬉戏或柳条低语，还会收获一曲天地间完美交融的合鸣之音。每一位听者都会在当下心生喜悦或恨意，想起他的挚爱或仇敌，幼童想到游戏，青年想到恋人，老者想到消逝。

韩福已经记不清自己到底在师父身边待了多少个年头了。他时常觉得，自己好像昨天晚上才踏入这座山谷，而老者才刚刚用琴弦的乐音迎接了他。人类所有年龄与时代的标识仿佛都无迹可寻，也变得毫无意义了。

一天早上，韩福独自在小茅屋中醒来，无论他如何寻找或呼喊，都不见大师的踪影。好似一夜入秋一般，凛冽的寒气摇晃着老旧的小屋，大队大队的候鸟飞过山脊，尽管还远没有到它们该南迁的时候。

于是，韩福将那把小巧的琉特琴带在身上，又一次踏上了返乡之路。他无论与谁照面，对方向他致以问候的方式，都好像是在对待一位高贵的长者。当他回到家中时才发现，他的父亲、未婚妻以及其他亲眷都已与世长辞，他们的房子里这会儿住的都是些旁人。

当天傍晚，河边又办起了灯节，诗人韩福站在昏暗的河岸一侧，靠在一棵上了年纪的老树树干上。他弹奏起随身携带的那把小琉特琴，妇女闻声发出幽怨的叹息，心醉神迷而又惴惴不安地望向夜空。年轻的女子朝着弹琴的人呼喊，说不曾有任何人听过如此特别的琴声。可韩福只是微笑着。

他将目光投向河面，成千上万的灯火倒影相互映照、摇曳生辉。他发现自己已分不清哪些是倒影，哪些是真正的灯火。此刻的自己，与初次参加灯节、聆听大师吟诗的那个小伙子，竟毫无分别。

（1913 年）

小矮人

　　那是一个夜晚，码头上说故事的老人切科这样起了个头：

　　要是诸位允许的话，我今晚想给大家讲一个古老的故事，有关于一位淑女、一个小矮人和一种神奇药水的故事。那故事里有忠诚与背叛，有爱恋与死亡，没错，古往今来所有的奇遇与传说无外乎都是围绕着这么几个关键词展开的。

　　玛格丽塔·卡多林小姐，贵族巴蒂斯塔·卡多林之女，是所有同龄的威尼斯淑女中美貌最为出众的那一个。为她而作的诗词与歌赋比大运河畔宫殿里的拱窗、春夜里穿梭于葡萄酒桥与海关大楼之间的威尼斯贡多拉①还要不胜枚举。威尼斯城内的、穆拉诺岛上的，甚至像是帕多瓦那种地方的成百上千的贵族老少，无一不曾在夜里、在闭上双目之后，伴着她的倩影入梦，亦无一不曾在晨间、在醒来之时，就开始了对能见上她一面的渴望。要说整座城市里，有多少名门淑女不曾对玛格丽塔·卡多林心生过妒意，那简直屈指可数。对

———————————

① 一种独具特色的威尼斯尖头小船。从前，贡多拉的中间船舱还有一个可以活动的船篷，用来给旅客遮阳挡雨，有的船篷上面开有小窗和小拉门。

她加以详尽的描绘，似乎已超出了我的能力范围，我只能点到为止地介绍她拥有一头金发，身材颀长，有如一棵年轻的柏树，她的秀发可为四周的空气添香，足底可让脚踩的大地增光。据说，连提香① 看到这位淑女之后都表示，他情愿一整年什么都不画，把全部的时间都用来为她创作肖像。

这位佳人从没缺过漂亮衣裳穿，精工钩织的花边、拜占庭式金光闪闪的锦缎、珠宝与首饰应有尽有。更值得一提的是，她所居住的宫殿是多么富丽堂皇：出自小亚细亚的五彩斑斓的厚质地毯用来垫脚；藏身在柜子里的银器永远不愁不够用；精美的锦缎与华丽的瓷器让所有的桌面都闪烁着光芒；起居室的地面采用的是美轮美奂的马赛克工艺；而天花板与四周的墙壁，一部分以金丝锦缎与丝绸打底，再挂上法国的哥白林织花壁毯，另一部分则被绘制上了优美且基调明朗欢快的壁画。至于她拥有的家仆、贡多拉和船夫的数量，那就更不在话下了。

不过，所有这些精美绝伦、令人赏心悦目的东西，在另外一些人的家里自然也能见得到 —— 有比她家更恢宏宽敞、家私更为丰厚的宫殿，有装得更满的柜子，有更加精美的

---

① 意大利文艺复兴盛期威尼斯画派的代表画家，被称为"群星中的太阳"。

器具、壁纸和首饰。威尼斯当时极其富有。然而，有那么一样珍稀奇异的宝贝，是年轻的玛格丽塔独家仅有的，也正是它的存在，招来了许多富人嫉妒的目光。这件宝贝是一个被唤作"菲利珀"的小矮人。他的身高不超过三根尺骨接在一起的长度，背上驮着两个鼓包，着实是一个稀奇独特的小家伙。菲利珀出生在塞浦路斯，当他的主人维托利亚·巴蒂斯塔从旅途中把他带回家时，他只会说希腊语和叙利亚语，不过现在，他的威尼斯语已经说得十分优美流畅了，就好像他本来就出生于河岸街或圣约伯街区一样。他的女主人有多美多苗条，这个小矮人就有多丑多粗壮——在这个畸形的怪人旁边，她显得加倍高了，而且她身上散发出皇家的高贵气息，把小矮人比得仿佛是岛上高楼旁的小渔屋。小矮人的双手皱皱巴巴，呈棕褐色，关节都变了形，走起路来有一种形容不出来的滑稽感。他的鼻子大得不合比例，宽大的脚掌形成了个内八字。可他的穿戴却又有如王公贵族，全身上下披挂的都是丝绸锦缎，光彩夺目。

光凭这样的长相，就让小矮人成了一件珍宝。或许不光是在威尼斯，就算在整个意大利都找不出比他更稀奇、更好玩的人了。倘若他是一件贩售品的话，想必一定有王公贵族愿意出高价，用大量的黄金来买下他。

不过，就算在其他宫中或者富裕的城市里可能也有那么几个类似的小矮人，论其迷你及奇怪的程度或许都与菲利珀不相上下，但只要一比头脑和天赋，就没有谁能比得上他了。如果只看聪明才智的话，这个小矮人轻轻松松就可以被选入十人议会，或统领一整个使节团。他不光精通三门语言，若是论讲历史、出主意或者发明点什么新玩意儿，他也样样都在行。无论是流传的老故事还是自己的新想法，不管是绝妙的好点子还是使坏的馊主意，他都能张口就来。而且只要他愿意，就随时随地能让人要么笑得直不起腰，要么丧气得抬不起头。

天气晴朗时，那位淑女就端坐在阳台上，应着当时的潮流，任由阳光把她的一头秀发晒成有些褪色的模样。她的两名侍女、一只非洲鹦鹉以及小矮人菲利珀，这时就陪在她的身旁。侍女们将她的长发打湿，边梳理边把它们铺散在大大的遮阳帽上，好让阳光把它们晒到浅淡，同时还要洒上从玫瑰花瓣上搜集来的露珠和来自希腊的矿泉之水。她们一边打理着淑女的秀发，一边把城里才发生以及将要发生的大小事情都说给她听：有婚丧喜庆，也有偷鸡摸狗，还有别的一些滑稽怪事。那只鹦鹉则扑扇着它色彩斑斓的翅膀，表演着它的三项拿手好戏：用口哨声吹出一首歌曲、学母山羊咩咩叫、说"晚安"。小矮人却坐在一旁，在日光里躬着身子，静静地阅读着古籍和羊皮卷。无论是女孩们的叽叽喳喳，还是蚊子的嗡嗡作响，都吸引不了他的任何注意。只不过，每次到最后都会是这样：过了一时半晌，那只鹦鹉开始点头打盹，继而哈欠连天，最终沉入梦乡。女孩们闲聊的语速也渐渐放慢，直至全部沉寂、不发一言，只有脸上挂着倦态，继续忙活着手上的工作。日正当中，还有哪里的阳光能比一座威尼斯宫殿顶楼阳台上的更煦暖、更令人发困呢？接下来，一旦侍女把她的头发晒得过干，或者撩起她一头秀发的时候手法过于笨拙，女主人便会登时变脸，高声怒斥起来。而每到这个时候，她都会大喊一声："把他手里的书收走！"

侍女奉命从菲利珀膝上拿走那本书，小矮人抬起头来，怒气冲冲地看着她，不过他立即就克制住了自己的情绪，礼貌地询问女主人有何吩咐。

于是她发令："给我讲个故事来听听！"

小矮人答道："我得好好想一下。"旋即便陷入了沉思。

有时候会发生这样的情形：他把女主人的胃口吊得太久，她便不耐烦地大喊大骂起来。可他却神态自若地摇晃着那颗跟他的躯体搭配在一起总是显得不合比例、又大又重的脑袋瓜，镇定地应声答道："您得再有点耐心才行。好的故事

就似一头高贵的野兽，栖身于幽闭之处，人们时常不得不在峡谷和森林的入口站上好长一段时间，才能伺机而动。让我再琢磨一下！"

只是，等他琢磨得差不多了，一旦开了口，那可就没有任何人或事能打断他了，除非整个故事结束。他的讲述片刻不停，仿佛一条从高山上延绵流淌的小河，里面倒映着世间万物——从最细弱的青草叶片到整片蔚蓝的天空，所有东西都尽收其中。那只鹦鹉已经睡着了，呈弯钩形的喙偶尔会在梦中摩擦出吱嘎的声音。那些小一点的运河都静止不动，使得房屋的倒影亦直直地伫立在水中，看上去像一堵堵真的围墙一样。阳光照射在小船平直的船舱顶上，侍女们疲倦地跟瞌睡虫做着最后的斗争。可小矮人却毫无困意，只要他一亮出自己的本事，就能摇身一变，成为魔法师，成为一国之王。他可以顷刻间熄灭正午火辣辣的阳光，引领着他那位一声不响倾听故事的女主人一会儿穿越阴森可怕的幽暗森林，一会儿置身于冰冷的蓝色海面，一会儿又走上仿佛神话里才有的陌生街道。这是因为，他讲故事的门道与技巧是在东方学到的，说书人的地位在那里大不一般，他们更像是会魔法的术士，能将听众的灵魂摆弄于股掌之间，就像孩童玩球那么简单。

　　他的故事几乎都不曾发生在陌生的国度，以免听众难以凭想象飞往他讲述的那个地方。另外，他总是以人们用自己的眼睛就能看到的东西来给故事起头，要么是一只金色的发夹，要么是一条丝质的手帕，反正不外乎是用近在眼前的东西来当个引子，带领着女主人的想象力——她对此毫无察觉——去往任何他想要抵达的地方。他先是从那些奇珍异宝原来的主人，或制造它们的工匠，或出售它们的卖家开始娓娓道来，然后那故事便会自然而然地慢慢流淌出来，从宫殿的阳台流向贸易商的驳船，从驳船到海港，在那里它们被装载上更大的船只，驶向全世界最为遥远的角落。每个听他故事的人都会认为，是自己规划了这次航行。当听者的躯体还好好地端坐在威尼斯的时候，他的头脑就已经或兴高采烈或胆战心惊地随着那幻觉漂洋过海，游历了无数充满奇幻色彩的地域。这就是菲利珀讲故事的方式。

　　这些童话绝大部分来自东方，精彩程度无与伦比，除此之外，他也讲一些发生在古代或现代的真实历险和事件：关于埃涅阿斯国王的航行与他遭受的苦难，关于塞浦路斯王国，关于约翰内斯国王，关于魔法师维吉尔，以及关于阿梅里戈·韦斯普奇①颠沛流离的冒险旅程。不光是这样，他还会

---

① 意大利著名的航海家和探险家。

自己凭空杜撰令人惊奇的故事。有一天，他的女主人看见鹦鹉正在小睡，于是问他："无所不知的你，请问我的鸟儿此刻正在梦些什么？"他听罢只思索了一小会儿便立即开口，讲起了一个长长的梦，那口吻仿佛他本人就是鹦鹉似的，而他的故事一讲完，鹦鹉也正好醒了过来，又学起了山羊的叫声，还挥舞起了翅膀。又或者，那位淑女拾起一颗小石子，将它从阳台的栏杆上方扔进运河的水里，等人们听到了"扑通"一声之后，她问："这下，菲利珀，我的小石子去了哪里？"话音刚落，小矮人就开始讲，那颗小石子是如何在水中遇见水母、鱼、虾和牡蛎，遇见沉没的船只与水鬼，遇见小精灵和美人鱼的，他甚至好像通晓所有出场角色的生平一般，详尽地将它们一一描绘出来。

虽然玛格丽塔小姐跟许多出身名门的标致美人一样，生性高傲、铁石心肠，不过她对小矮人倒是格外宠爱，并且也很在意别人是否尊重他、友善地对待他。只有她本人偶尔会捉弄他，让他吃点小小的苦头，不管怎么说，他可是她的私有财产。有时，她一把抢走他的书；有时，她将他关在鹦鹉笼子里；有时，她还会故意把他绊倒在大厅，让他在拼花地板上狠狠地摔上一跤。她在做这些的时候，倒是没带着什么恶意，菲利珀对此亦从未抱怨过。只不过，他也通通没有忘记，反倒把它们当成素材，时不时地在自己的故事里穿插一些小小的影射、暗示或者嘲讽，就连小姐本人听了也会被再次逗乐。他的女主人也避免过分刺激他，因为人人都相信，小矮人掌握着某些秘密的知识，并通晓一些禁忌的方术。同时，人们也都十分确定，他懂得与动物交谈的艺术，甚至在预测恶劣天气时，他亦不可或缺。可要是有人真拿这些问题找到他的面前，他却只会静静地坐着，不发一言，然后耸耸他那长歪了的双肩，晃晃他那笨重且僵硬的大脑袋。看到这儿，带着问题来的那些人也只顾着大笑，早就把他们的问题忘到脑后了。

跟每个人一样，菲利珀也需要陪伴，并向对方付出爱意。除了书本之外，他还跟一条小黑狗缔结了一份与众不同的友谊，他不但是它的主人，甚至还跟它睡在一起。这本是一位叫不上名号的追求者送给玛格丽塔小姐的礼物，她又把它转送给了小矮人。她这么做的背后还有着特殊的缘由。原来，小狗到来的第一天就遭遇了意外，一扇活动的天窗砸到了它的身上。本来它是没法活下来的，因为它的一条腿断了，人们想要干脆结束它的性命。这时，小矮人表示他希望得到这只小动物，主人也就顺手把那小东西赐给了他。在小矮人的精心照料下，小狗痊愈了，并且心怀着感恩之情，始终跟随在救命恩人的身前身后。不过，那条断腿虽已康复，却依旧无法伸直，小狗走起路来只能一瘸一拐，而且反倒因为这样，还跟它那位畸形的主人更加般配了呢，菲利珀听到不少人这样开玩笑说。

无论在外人看来，小矮人与小狗看上去有多么可笑，他们之间的情谊都绝对是真挚的，而且我相信，就连某些富有的贵族从他们的至交那里，都不曾得到过像那瘸腿的博洛尼亚狗从菲利珀那里得到的诚心诚意的爱护。小矮人给他的狗取名为菲利珀诺，简化一下后就有了它的昵称——菲诺。他对待它就像对待一个稚童那样温柔，跟它说话，喂它美味的零食，让它在自己窄小的矮人专用床上睡觉，还会花上很长的时间跟它玩耍。简而言之，他把自己穷苦又飘零的人生中所有的爱意都献给了这只聪明的动物，并因此默默承受了来自仆人和女主人的诸多讥讽与嘲弄。而你们很快就会看到，这份情意一点也不"可笑"，因为它不光给狗和小矮人带去了灭顶之灾，也给全家上上下下带去了极大的不幸与伤痛。或许你们会觉得我花费这么多口舌来讲一条又小又瘸的哈巴狗实在是招人厌烦，但这样的例子却并不少见：原来那么微不足道的小事，竟会招致如此巨大且沉重的命运的痛击。

　　不管有多少高贵、富有又英俊的男士将他们的目光锁在玛格丽塔的身上，将她的画像戴在自己的胸前，她依旧保持着一贯的骄傲与冷淡，就好像这世上根本没有男人这回事似的。她的母亲是位出身于朱斯蒂尼亚尼家族的名门淑女，直到母亲去世前，她都生活在严格的管教之下。而且她生来就心高气傲，天生就拒人于千里之外，这样一来，她也就名正言顺地成为全威尼斯公认的最冷酷无情的冰山美人。为了她，一位来自帕多瓦的贵族青年与一位来自米兰的军官进行了决斗，当她听闻此事时，别人刚好来转告她落败一方在弥留之际献给她的遗言，美人白皙的前额上连一丝阴影都不曾掠过。那些以她为题而作的十四行诗，永远只能当她的笑话素材。有两位出身于当地望族的追求者同时向她求婚，她却不顾父亲的积极劝说，同时回绝了二人的请求。这甚至造成了家族之间的罅隙，这不睦还持续了相当长的一段时间。

　　偏偏那位样貌像孩童、身上还长着副翅膀的神①有着无赖的性格，它才不愿让猎物溜走呢，至少不能是拥有这般美貌的猎物。人们早有经验：恰是那些最难以接近、最高傲自负的人，陷入情网时反而越是迅疾与猛烈。就如同在最严酷

---

① 这里指罗马神话中的爱神丘比特。

的寒冬之后，到来的往往也是最温煦暖人的春天。就在穆拉诺岛上花园里举办的一次庆典活动上，玛格丽塔对一位航海家（同时也是一位年轻骑士）一见倾心，此人刚刚从黎凡特归航，名叫巴尔达萨雷·莫洛斯尼。尽管他已经发现了那位淑女的视线正投向自己，却丝毫不为她的贵族地位抑或高雅身姿所动。在她身上，一切都是白皙且轻盈的，而在他身上，则处处透着黝黑与强健。而且人们也看得出来，他在海上航行了许久，到过不少陌生的国家，是一位爱好历险的朋友。在他被晒成棕色的额头上，万千思绪如闪电般掠过，而在那轮廓分明的鹰钩鼻上方，则闪烁着他深幽的双眸，投射出的目光锋锐又灼热。

　　当然他也很快注意到了玛格丽塔，当知晓了她的姓名之后，更是立刻着手安排人将自己介绍给她的父亲及她本人。席间，他表现得彬彬有礼，当然也没忘了献上奉承的好话。庆典结束时已经接近深夜了，他始终都陪伴在她左右，举止得体，发乎情，止于礼。她聆听着他的一言一语，哪怕是他和别人谈话时，她也比聆听圣谕时还要热情认真。想也知道，肯定有很多人请求巴尔达萨雷先生讲述他的旅行、途中的经历以及他克服过的艰难险阻。而他讲起来也是那样风度翩翩，却又不失幽默风趣，难怪所有人都围到他身边侧耳倾听。事实上，所有的话都只是说给那唯一一位女士听的，而那位听众也的确专注到连他的任何一丝气息都不愿错过。那些人们想都想不到的冒险在他口中显得那么稀松平常，好似每个人都至少经历过一次一样。而且，他在讲述的时候并不将自己放在最显要的位置，这对航海家，尤其是年轻的航海家来说，实属难得。只有一次，他提到与非洲海盗之间的一场争斗时，说自己因此而受了重伤，整条伤疤横跨他的左肩。玛格丽塔屏气凝神地听完整段讲述，既惊愕又着迷。

末了，他陪她和她的父亲走到他们的贡多拉停靠处。道过别后，他仍未离开，就这么伫立在那里，凝望着船上的火把，目送着他们缓缓划过暗夜中的潟湖。直到那火光彻底消失不见，他才回到自己的朋友们身边。一群贵族青年正在一栋花园别墅里，在几个漂亮姑娘的陪伴下，边畅饮黄色的希腊酒，边品尝红色的甜浆果，打算再享受一小段暖夜时光。其中有一位名叫吉安巴蒂斯塔·简塔里尼的，是威尼斯最富有也最爱寻欢作乐的年轻人之一，他见到巴尔达萨雷，碰了碰他的手臂，笑着说：

"我多希望你今晚能给我们讲上一段你在旅途中的爱情历险啊！不过这会儿也没这个必要了，因为美丽的卡多林已经带走了你的心。不过，你恐怕也知道，这位佳人是石头做

的，压根儿没有灵魂。她就跟大画家乔尔乔内笔下的一幅画似的，那里面的女人们着实无可指摘，也正是如此，看上去一个个都没血没肉，仿佛只为被人欣赏而存在。说真的，我劝你离她远一点——还是说你有兴趣成为第三个被拒绝的人，然后沦为卡多林宫里仆人们的笑柄？"

巴尔达萨雷却只是笑笑，并不觉得有必要为自己辩白。他干掉了好几杯甜丝丝的、泛着油一样光泽的塞浦路斯酒之后就起身打道回府了，比在场的其他人都更早回家。

隔天他就挑了一个好时辰，来到那座小而精美的王宫，拜访老卡多林先生。巴尔达萨雷用尽全身解数，希望能给对方留下一个良好的印象并赢得他的青睐。到了晚上他又叫来好几位歌手与吟游诗人，为那位美丽的年轻淑女献上了一首小夜曲。这安排大获成功：佳人立在窗畔细细聆听，甚至还走到外面的阳台上露了好一会儿面。想也知道，很快整座城市就都听说了这件事，那些游手好闲、爱嚼舌根的人甚至号称他们打听到二人已经订婚，这会儿开始八卦起婚礼的日期来。而实际上，巴尔达萨雷还没穿上他的礼服，正式向玛格丽塔的父亲提出与佳人共结连理的请求呢。因为根据当时的风俗，如果想要求婚，他不应当只身前往，还得有一两个朋友同时在场见证。但他本人对这一约定俗成的规定颇不以为然，也就根本没打算这么做。不过话说回来，很快，那些多嘴好事的包打听们就会心满意足，因为他们的预言应验了。

当巴尔达萨雷向卡多林的父亲吐露心愿，说自己希望成为他的女婿时，老先生表现出极大的窘迫与不安。

"我最尊贵的年轻人啊，"他恳切地说道，"我发誓，您的请求为我们家族增添了荣光，这一点我绝不敢轻忽。但我仍要真切地恳请您收回这一心愿，这会为我们双方都省下不少的苦恼与烦忧。您长年旅居在外，远离威尼斯，不清楚这倒霉的丫头已经毫无缘由地两次拒绝了本会给我们家族增光添彩的求婚，而我又因为她的举动陷入过怎样的困境。她对爱情一窍不通。我也承认，我是对她有些太过娇宠，也太软弱，不知该如何用严苛的手段制服她的顽固与执拗。"

巴尔达萨雷礼貌地听完老先生的解释，并没有收回请求，反而想方设法地宽慰那忧心忡忡的老者，试着让他的心情好转起来。最终，老先生还是答应跟他的女儿聊一聊。

要想猜到那位小姐的答复并不是什么难事。虽然为了维系自己的高傲形象，她还是提出了几条无关痛痒的反驳意见，尤其在父亲面前，她还得再保持一下矜持。可在她的心里，人家还没问呢，她其实早已应下了。在收到她的答复之后，巴尔达萨雷立即带着一份华丽且贵重的礼物登门，把一枚金戒指套在了未婚妻的手指上。

现在，全威尼斯的人可都有关注、谈论和艳羡的对象了。还没有人曾见过这样华贵的一对璧人。他们俩都身材颀长，女士似乎可与男士齐肩而立。她一头金发，他秀发乌黑。两人在一起的时候总是昂首挺胸、神情自若，因为无论是显贵的出身，还是孤傲的品行，双方都不相上下。

只有一件事堵在那位美貌的未婚妻心里，让她不是滋味，那就是，她的未婚夫声称，他必须得再去塞浦路斯一趟，把重要的事项一一了结。他们的婚礼引得全城瞩目，甚至被当地人视为一次节日庆典，可只有等到他重返威尼斯后，婚礼才能如期举行。在等待的这段时间里，准新人心无旁骛地沉浸在他们的幸福与喜悦之中。巴尔达萨雷先生频频现身于各种活动，收获了无数礼物、献唱与惊喜，就算这样做常引人侧目，他也总是选择跟玛格丽塔一同出席。而且有时候，他们还会——即便严格说来有违社会风俗——共乘一条遮篷贡多拉。

　　玛格丽塔心高气傲，脾气也稍显暴躁，这一点在许多恃宠而骄的名门淑女身上并不稀奇；她的未来夫婿也是个从小在家就盛气凌人的主儿，不习惯为别人着想，后来的航海生涯以及年少有为的经历更是助长了他身上的骄横。他求婚时越是表现得有礼有节、处处合规守矩，眼下终于达成目标之后，他就越是信马由缰、率性而为。在家时，他就养成了暴戾专横、颐指气使的脾气，自打成了航海家和富商，更是只依自己的好恶生活，完全不顾别人的感受。奇特的是，从一开始，他就对准新娘身边的某些东西莫名嫌恶，尤其是那只鹦鹉、小狗菲诺以及小矮人菲利珀。他一见这几个小东西就来气，只要碰上了面，准要动个什么脑筋折磨一下他们，或者让他们在女主人面前出丑。而每次只要他踏入这栋房子，只要他那粗犷的声音在回旋的楼梯上响起，小狗就会呜咽着立刻跑开；鸟儿开始尖声大叫，用力地扑扇着翅膀；小矮人则撇一撇嘴、倔强地保持沉默，这对他而言就已经够了。为了公平起见，我必须说，玛格丽塔即便不是为那些动物，也为菲利珀发过声、求过情，时不时地试图为那可怜的小矮人辩解几句。当然，她也没那个胆量激怒她的心上人，对他这儿一下、那儿一下的折磨与虐待，她是既无力也无意真正去阻止的。

鹦鹉的性命结束得很是突然。有一天，当巴尔达萨雷先生再度折磨它，用一根木棍不停地戳它的时候，发怒的鸟儿立即朝着他的手啄了一口，并用它尖锐有力的喙扯伤了他的一根手指。巴尔达萨雷立即叫人拧断了这只鸟的脖子，并把它扔到了房子背面那条狭长幽暗的运河里，连一个为它哀悼的人都没有。

在这之后，小狗菲诺也好景不长。一次，女主人的准新郎刚刚踏入府邸，它就赶紧把自己藏到楼梯上一个昏暗的角落里。只要此人一出现，便立即躲起来，这已经成了它的习惯。巴尔达萨雷先生或许是因为把什么东西忘在贡多拉上，又不放心任何仆人帮他去拿，于是出人意料地从楼梯上折返回来。受了惊的菲诺因为这个意外狂吠起来，它彻底慌了，一蹦老高，动作却又那么笨拙，差一点就把未来的男主人绊倒。他踉踉跄跄的，几乎与小狗同一时间抵达门廊，那只小动物出于恐惧继续向前奔跑，一直跑到大门口，再沿几级宽大的石阶向下就是大运河了。巴尔达萨雷先生一边嘟囔着骂人的话，一边狠狠地踹了它一脚，那一脚就把小狗远远地抛进了河水里。

　　就在这时，小矮人听到了菲诺的吠叫与哀鸣，赶忙跑到大门口，巴尔达萨雷正大笑着观赏那条本就半瘸的小狗是如何因为害怕而扑腾。小矮人就站在他的身旁，与此同时，嘈杂声把玛格丽塔也引到了一楼的阳台上。

　　"派一条贡多拉过去，看在老天爷的分儿上，"菲利珀上气不接下气地朝她大喊，"叫人把它带回来，主人，马上！它要在我眼前淹死了！哦，菲诺，菲诺！"

　　但巴尔达萨雷先生还在笑个没完，并且下令把已经要解开贡多拉船锚的舵手叫了回来。菲利珀再次向女主人苦苦哀求，可玛格丽塔却在此刻离开了阳台，一个字也没说。小矮人跪倒在施虐者面前，求他放那小狗一条生路。那位先生却极不耐烦地背过身去，用严厉的口吻命令小矮人回到房子里。他自己则站在登贡多拉的阶梯上，直到眼睁睁地看着那条悲号着的小狗沉入水底。

　　菲利珀走到宫殿的最顶层，在那里找了一个角落坐下来，双手托着他的大头，两眼死死地盯着面前的地板。一位侍女走来，唤他到女主人那里去，之后又来了一位家仆催促，可他一动也没有动。夜幕降临后又过去了很久，他的女主人手里提着一盏灯，亲自爬到顶楼来找他。她站在他的面前，看了他好一会儿。

"你为什么不站起来？"她开口问道。

他没有回答。

"你为什么不站起来？"她再问一遍。

这时，那奇形怪状的小人儿看了她一眼，轻声地说：

"您为什么要杀死我的狗？"

"不是我干的。"她还在为自己辩解。

"您本可以救它一命的，但您却让它就那么死去了。"小矮人哀叹着，"哦，我最亲爱的宝贝！哦，菲诺！哦，菲诺！"

这下，玛格丽塔也生气了，用呵斥的口气吩咐他赶紧站起来，上床去睡觉。他照她的话去做了，一言未发，而且接下来连续三天，他也再没说过一个字，食物碰也不碰，周遭发生了什么、人们在议论什么，他也毫不在意。

这几天，一股巨大的不安侵袭着那位年轻的大家闺秀。因为她从不同人的口中听到了关于她未婚夫的风言风语，那些话着实让她烦恼。好像不少人都在传，年轻的巴尔达萨雷是个多情的人，并不专一。而事实上这也是真相。玛格丽塔的心中满是怀疑与恐惧，一想到未婚夫即将踏上新的旅程，除了苦涩地长吁短叹之外，她也真不知道还能做些什么。到最后，她再也受不了了，一天早上，当巴尔达萨雷来她家的时候，她把心底的疑虑与担忧全都对他说了出来，没有丝毫隐瞒。

他微微一笑："我最最亲爱、最最美丽的人儿，人们告诉你的那些事，可能有一部分是编造出来的，可其中的大部分都是真的。爱就像一阵滔天巨浪，它来势汹汹，托起我们，裹挟着我们随它涌动，在它面前，我们一点反抗的能力都没有。然而，我很清楚，对我未来的新娘、这个出身如此高贵的女孩，我该负怎样的责任。因此，你无须怀有任何担心的念头。"

他的魄力与果敢仿佛散发出一种魔力，于是她这会儿平静了下来，微笑地摩挲着他坚实、褐色的双手。可当他从她的身边一走开，她所有的担忧就又卷土重来，再度让她坐立难安。于是，这位曾目空一切的大小姐如今也尝到了嫉妒的滋味与卑微的苦痛，夜已近半，她仍躺在自己的丝绸被褥里，辗转难眠。

困在自己心牢中走投无路的她，再次找到小矮人菲利珀。在这段时间里，他渐渐打起了精神，仿佛已经忘记了自己的小狗是如何惨死的一样。当玛格丽塔在太阳光下暴晒她的秀发时，他仍像往常那样坐在阳台上，读着自己的书，或者讲着什么故事。只有那么一次，她想起了那件往事，于是问小矮人究竟在沉思什么。

他用一种古怪的声音回答："愿老天庇佑这栋房子，我仁慈的主人，我很快就不在这里了，要么死去，要么活着离开。"

"那是为什么呢？"她追问道。

小矮人样子滑稽地耸了耸肩："我能预感到，主人。鸟儿死了，狗也死了，小矮人还留在这里干吗呢？"女主人听罢，厉声正色地命令他，不允许他以后再说这样的话，而他也就真的没再提过了。她以为，小矮人真的不再往这方面想了，于是重新将自己全部的信任都交付于他。而他呢，在女主人谈论自己的担忧时，竟然还帮巴尔达萨雷先生说好话，一点都看不出来他对那位男士心存任何一丝不满。就这样，他再次赢得了女主人的友谊。

那是一个夏夜，海面上吹来些许清凉的微风，玛格丽塔携小矮人登上他们的贡多拉，任舵手把它划向广阔的远方。当小船航行至穆拉诺岛附近时，远处的城市已像是一幅纯白的梦幻图画，漂浮在平滑而闪耀着光芒的潟湖湖面上。这时，玛格丽塔命令菲利珀给她讲个故事。她伸展四肢，躺在黑色的软榻上，小矮人蹲坐在她对面的地上，后背倚靠着贡多拉高高的鸟嘴形船头。远处隐约可见笼罩在玫瑰色雾气里的山峦，日光正洒在它的边缘线上。穆拉诺岛上这会儿开始响起了钟声。划贡多拉的舵手被热气闷得头昏脑涨，懒洋洋地摇动着他的长桨，好像半睡半醒。他微弓着腰的身形连同整条贡多拉一起倒映在被海藻覆盖的水面上。偶尔有附近的货船或撑着拉丁帆的渔船划过，尖尖的三角一瞬间遮住了城市里远一点的全部塔楼。

"讲个故事给我听！"玛格丽塔下令。菲利珀低下他的大

脑袋瓜，把玩着他身上那件丝质大礼服的金色流苏边，沉吟了片刻后，讲起下面这个故事：

"我父亲还居住在拜占庭的时候——那会儿离我出生还有很久，曾遇到过一件极不寻常的古怪事。他那时经营着一家诊所，也会给遇上麻烦的人出出主意，因为他既懂如何治病救人，也曾从一个住在士麦那的波斯人那儿学过一些巫术，两门技艺他都精通。可他是个正派的老实人，既不招摇撞骗，也不谄媚奉承，单靠一身真本领闯荡谋生，于是有些骗子和江湖郎中心生妒忌，没少让我父亲吃苦头。也因为这些，他早就想找个机会重返故乡了。可我那贫穷的父亲还是想在异国他乡多积攒一点微薄的家底，再踏上返家之路，因为他清楚，家里人的日子也不好过，甚至穷得正忍饥挨饿呢。他眼睁睁看着那些骗子和只会些三脚猫功夫的人不费吹灰之力就能迅速敛财，自己在拜占庭的事业却毫无起色。事业越是发展不起来，我那善良的父亲就越悲伤。他绝望地想，要是不靠些连哄带骗的手段，自己就再也无法摆脱困境了。因为他虽然从不缺登门的客户，也曾帮助成百上千的人解决他们最棘手的问题，可那些绝大多数都是地位低贱的穷人。但凡比他提供的服务多收那么一点报酬，他都会羞愧到抬不起头来。

"在这种糟糕的境遇下，我父亲下定了决心，无论如何，哪怕是打着赤脚、身无分文也要离开那座城市，或者能在船上找到一份做零工的差事也行。不过，他的计划是再等上一个月的时间，因为根据他观察星象得知，在这一个月内，就会有幸运降临在他身上。可就连这一个月也过去了，他的生活仍旧跟好运毫不沾边。于是，他在最后一天打包好了自己的行囊，把仅有的家当都装起来，决意第二天一早就踏上归程。

"临行前的最后一个晚上，他在城外的海滩上来回踱步，可以想象，当时他的思绪是多么凄凉。太阳早就落山了，群星已将它们洁白的光线投向了宁静的海面。

"就在这时，我父亲突然听到从不远处传来一声响亮而悲伤的叹息。他四下张望，一个人影都没瞥见，这着实让他吓了一大跳，因为他把这当作了旅程的不祥之兆。可那悲泣与叹息一声接着一声，且音量越来越大，他终于鼓起勇气大喊：'是谁在那儿？'话音刚落，他就听见一串海水拍击海岸的声音。他走过去一看，只见星辰皎洁的光芒下，躺着一个浅色的人形。他猜想，可能是有人遭遇船难落了水，于是他打算上前去帮忙，这才惊讶地看见，那原来是一位极为美丽动人、身形苗条、肤白如雪的女水妖，她将半个身子探出了水面。那海中水妖用央求的口吻向他发问：'你不是那位住在黄色巷子里的希腊巫师吗？'谁都无法形容，我父亲在那一刻心中的惊诧。

"'我是，'他亲切地回答，'我能帮您做点什么？'

"这一刻，那年轻的水妖又再度悲叹起来，伸出她美丽的臂膀，边不断地叹息，边祈求我父亲可怜可怜她的思慕之苦，帮她配制一款强效的神奇药水，因为她徒劳地迷恋着她的心上人。说这话的同时，她望着我父亲，明媚的双眸中投射出悲切又卑微的目光，这打动了他的心，当下立即决定帮她一把。他事先问好，她将以怎样的方式来报答他。水妖许诺，将赠予我父亲一串珍珠项链以表酬谢，那串项链长得可以在一名普通女子的颈上绕八圈。'可是这样宝贝，'她又接着说下去，'只有在我亲眼见到您的巫术真正生效了之后，您才能拿到。'

"这一点我父亲倒完全不发愁，他对自己的本事相当有信心。他急匆匆地赶回城里，把刚刚整理好的行李又重新打开，快速地兑制好水妖希望得到的那种药水，又火急火燎地赶往海边。他抵达岸边的时候才刚过午夜，水妖已经在那里等着了。他递给她一只十分袖珍的长颈玻璃瓶，里面装的正是那珍贵的药水。她动情地谢过他之后，要求他明夜再来此地，取走他应得的贵重奖赏。我父亲离开了，在前所未有的热切期待中度过了当天夜晚和接下来的那个白天。因为我父亲从未怀疑过自己的药水的功效，所以现在只需要看那水妖是否能遵守她自己许下的诺言了。带着这样的想法，第二天夜幕甫一落下，我父亲就抵达了同一地点，没有等候太久，就看到眼前的水波中出现了那水妖的身影。

"可当他看到自己的技艺所产生的效果时，我那可怜的父亲被吓成了什么样子啊！水妖微笑着游到他的近前，把那串沉甸甸的珍珠项链交到他的右手上，就在此刻，他瞥见水妖的臂弯中抱着的是一位已经去世的少年，那少年的面容生得英俊非凡，从他的着装上能辨识出，那是一名希腊的水手。他的脸庞惨白，卷发漂荡在水波中，水妖将他的身体温柔地搂在怀里，轻轻地摇晃着他，像是母亲在哄睡幼子。

"我父亲目睹了这一幕，爆发出一声大喊，他诅咒自己，也诅咒自己的本领，紧接着，女妖带着她的心上人突然间沉入了水底。海岸边的沙滩上，那串项链还摊在那里，不幸业已发生，谁都无力回天，因此我父亲将那项链拾起，揣在大衣底下，回到了他居住的地方。他将项链拆开，把上面的珠子一颗一颗地摘下来卖掉。带着变卖珠链换得的钱，他登上了一艘开往塞浦路斯的船，心想着这下子问题解决了，从此以后再不会陷入贫穷潦倒的困境。可单是这钱上染着血的事实，就让他一路上连遭劫难，不幸的事一桩接着一桩降临在他身上，暴风雨与海盗夺走了他所有的家当。当他终于回到家的时候，已经是两年后了，那会儿的他成了一名遭船难的乞丐。"

躺在软榻上的女主人聚精会神地听完了整个故事。小矮人讲完最后一句，停下来不再说话。她也静静地不发一言，像呆住一样陷入沉思之中。直到舵手停下手中的桨，等待她发出返航的指令，她才像从梦中惊醒一样，朝划贡多拉的船夫摆了摆手，拉上了眼前的窗帘。舵手快速地划行，小船像一只黑色的鸟向城市飞去，独自蹲坐在那里的小矮人平静严肃地望着幽暗的湖面，仿佛又在构思下一个故事。他们很快就抵达了城市，贡多拉穿过帕纳答及另外几条小运河，把他们带回了家。

这晚，玛格丽塔睡得极不安稳。听完那个关于药水的故事之后，正如小矮人预见到的那样，她的心中也萌生了一个想法，那就是用同样的手段将未婚夫的心牢牢地锁在自己身上。第二天，她跟菲利珀谈起了这事，不过并没有开门见山，而是出于害羞和胆怯，一直在绕弯子、问问题。她表明了自己的好奇心，想知道这样一种神奇药水是怎么制成的；

现今是否还有人知晓调配它的秘方；那里面是否包含有毒或有害的物质；它的味道又是如何，会不会让饮用的人产生疑心。机智的菲利珀敷衍地回答了她所有的提问，好像压根儿没有察觉到他的女主人在打什么算盘，这样一来，那位小姐不得不把话越挑越明，最后干脆问他就在威尼斯，能不能找到一位能够调制这种药水的人。

这下小矮人笑了，他高声说："如果您觉得，跟随着我那聪慧过人的父亲，我连这种最基本的巫术技巧都没有学会的话，我的主人，那您对我的本事也未免太缺乏信心了。"

"意思是说，你自己就能配制出这款药水咯?"小姐难掩喜悦地高呼。

"没有比这更简单的事了，"菲利珀回答她，"只是我实在看不出，您哪里有需要将这玩意儿派上用场，您不是已经达成了心底的愿望，拥有最英俊、最富有的青年做您的未婚夫了吗?"

可那位佳人并没有就此放弃，而是对他再三催促，最终，小矮人佯装拗不过她，应下了这门差事。女主人给了他足够的钱去采买必要的香料和秘密药物，并且许诺，事成之后，再送他一份可观的大礼。

两天之后，他就已经完成了所有的准备工作，从主人的梳妆台上拿了一只蓝色的小玻璃瓶，将配制好的药水灌进去，然后把它一直带在身上。巴尔达萨雷先生的塞浦路斯之旅启程在即，他得加快进度才行。他向未来的新娘提议，第二天下午再来一次秘密的游船之旅，而且现在天气炎热，没什么人愿意去驾船散心。玛格丽塔和小矮人都觉得，合适的时机终于被他们等到了。

当巴尔达萨雷的贡多拉在约定时间驶过房子后门的时候，一切就绪的玛格丽塔已经等在那里了，菲利珀在她身边，手中提着一瓶葡萄酒和一篮鲜桃。当主人们一一登船之后，小矮人也随后走进贡多拉，在舵手的脚边找了个位子坐下来。年轻的先生并不那么愿意和小矮人同行，但他忍着什么都没说，毕竟再过几天他就要踏上旅途，这会儿尽量依着心上人的意思去做，准不会出错。

舵手撑开船桨，划离水岸。巴尔达萨雷将窗帘拉紧，不露一丝缝隙。小船在舵手的操控下驶过迪巴卡罗利运河，小矮人静静地坐在贡多拉的后半部，凝神注视着河岸两旁那些古老、高耸且幽暗的房屋。贡多拉一直航行到朱斯蒂尼亚尼宫殿（当年，旁边还有一座小花园），抵达了大运河出口的潟湖为止。如今，众所周知，这里的其中一个角上，坐落着美丽的巴罗齐宫。

　　船上的小隔间被上了锁，里面偶尔会传出被刻意压低的笑声，或二人交谈的只言片语。菲利珀对此一点都不好奇。他的目光越过水面，有时看向日光映照下的运河碧波，有时看向远处建筑的细高塔楼，有时还会回头瞻望广场上的翼狮石柱。有时他也会给卖力划桨的舵手使个眼色，或者用一根从地上捡来的细柳条抽打出水花。他的容貌是那样丑陋，面部表情更是没有一丝变化，谁都无法从他的脸上读出，此刻他的心里正在想些什么。实际上，他正在想自己那条溺亡的小狗菲诺，想那只被活活掐死的鹦鹉。他在心中暗暗琢磨，所有的生命都一样，无论动物抑或人类，无不离凋亡只有一步之遥，这世上我们什么都无法预测，无法事先知晓，除了一点：死亡必然降临。他又想起了他的父亲，想起父亲的故乡及他的一生，一抹嘲讽的神情掠过他的脸庞，因为他这会儿想到的是，无论在哪里，几乎所有的智者都最终扮演起了小丑的角色。大多数人的一生都无异于一场糟糕的喜剧表演。他低头瞥见自己身上的绫罗绸缎，不禁微笑起来。

　　而就在他仍微笑地静坐着的当口，他心中期盼已久的事情发生了。贡多拉的舱顶底下传来巴尔达萨雷的声音，紧接着传来的是玛格丽塔的呼唤："菲利珀，你把酒和杯子放在哪儿了？"巴尔达萨雷先生口渴了，用酒把药水喂给他的时刻终于到了。

他打开那只蓝色的小瓶子，先把里面的浆液倒进杯子里，然后再兑满葡萄酒。玛格丽塔掀开门帘，小矮人跑去为他们服务。他把桃子递给女士，端到那位未来的新郎面前的，则是刚刚调配好的那杯酒。玛格丽塔望向小矮人的时候，眼神中掺着一丝狐疑，看起来充满了不安。

巴尔达萨雷先生举起酒杯，将它送到嘴边。就在这时，他看到了依然站在面前的小矮人，心中突然升起一股莫名的疑虑。

"等等，"他喊道，"像你这种捣蛋鬼，人们永远都不能轻信。我想先看你喝一口，然后我才喝。"

菲利珀面不改色。"酒没问题。"他礼貌地说。

但这并没能打消对面那位的疑虑。"小子，你没那个胆量尝一口？"他恶狠狠地问。

"请原谅，先生，"小矮人说，"我没有饮酒的习惯。"

"这是我给你的命令。你不尝它一口的话，我也不会让自己的嘴唇沾上一滴。"

"别担心。"菲利珀微笑着将身体稍向前倾，接过巴尔达萨雷手中的酒杯，抿了一小口之后又还给了他。巴尔达萨雷见他如此，也将杯中酒一饮而尽。

这会儿正是热的时候，潟湖上闪耀着灼人眼目的光芒。那对情侣又重新躲到了有窗帘遮蔽的阴凉处。而小矮人则斜坐在贡多拉的甲板一侧，不断用手抚摸着自己宽大的额头，本就生得丑的嘴巴现在更是紧紧地拧成一团，像是在忍受某种疼痛一般。

他知道，再过一个小时，自己就将永别人世。那杯子里装的其实是致命的毒酒。某种异乎寻常的期待侵占了他靠近死亡之门的灵魂。他回首望向那座城市，心中追忆起不久前曾沉醉于其中的种种念头。他沉默着不发一语，死死地盯着光斑跳跃的水面，细细地回顾起自己的一生。他的一生是如此单调而贫瘠——一位行弄臣之实的智者，一出枯燥乏味的喜剧。此刻，他感到自己的心脏开始不规律地跳动，汗珠也覆盖住了他的整个额头，就在这时，他突然放声大笑，迸裂出的笑声中满是苦涩。

那笑声却无人聆听。舵手半梦半醒地站在那里，帘子后面巴尔达萨雷突然发病，美丽的玛格丽塔一面大受惊吓，一面忙不迭地照料着他。最终，他死在了她的怀中，躯体渐渐冰冷。伴着一声痛苦的嘶吼，她从窗帘背后冲了出来。小矮人正躺在那里，仿佛只是在打盹而已。但事实是，他也已经死亡，死在了贡多拉的甲板上，身上还是那套华美的锦罗绣裳。

　　这是菲利珀的复仇，为了他死去的小狗。当那条不祥的贡多拉载着两具尸体返航的时候，整座威尼斯城都陷入了惊愕之中。

　　淑女玛格丽塔也已呈疯癫状态，不过还是又活了几年。在这期间，她时不时地会倚坐在阳台的栏杆旁，冲着经过的贡多拉或小舟大声呼喊："请你们救救它吧！救救那条狗！救救小菲诺！"可人们已经见惯了，没有人会在意，她到底在说些什么。

（1903 年）

城市

  "向前进！"工程师大喊。此刻，昨天才新铺好的铁轨上，驶来了第二辆满载乘客、煤炭、工具与食物的列车。北美洲大草原在金黄的日光里微微散发着炽烧的热气，被蓝色雾气笼罩的山脉高耸于远方的地平线上。野狗与惊愕的北美草原水牛专注地凝视着眼前，看荒蛮中如何渐渐兴起劳作与喧嚣，看绿野如何渐渐披上煤炭、烟灰、纸张与铁皮的瘢痕。第一把刨刀刮过这片受到惊吓的土地，发出刺耳的声音；猎枪射出的第一枚子弹如滚雷炸裂在山谷，呼啸奔至远处的群峦；第一台铁砧在锤子急速的敲打下发出清脆的叮叮当当声。一间铁皮屋拔地而起，第二天，又盖起了一间小木屋，紧接着，一处又一处的居所纷纷完工。后来，每天都有新的房屋落成，很快，也有了砖石搭起的建筑。野狗与水牛停留在远处不再靠近，整个地区被开垦后变得丰沃多产，播种后的第一个春天，绿油油的庄稼秧就已经迎风摇摆了。农庄、马厩与棚屋接连从田里冒出头来，街道纵横交错，穿梭于往日的荒野之间。

  先是火车站正式竣工，举行了落成典礼，然后是政府大楼，紧接着是银行，没过几个月，周边就又冒出了好多个更年轻的姐妹城市。工人、农民、城市居民从全世界各地赶来，商人、律师和教师也蜂拥至此，人们建起了一所学校和两家报社。人们在西边发现了石油资源，巨大的财富涌入了这座年轻的城市。一年后，扒手、一间百货商店、一个禁酒组织、一位来自巴黎的裁缝、一家巴伐利亚啤酒坊也出现了。来自邻近城市的竞争压力加快了它发展的速度。此处已应有尽有，从竞选演说到工人罢工，从影院剧院到唯灵论者

协会。在这座城市里，人们可以享用到法国的葡萄酒、挪威的鲱鱼、意大利的香肠、英国的服饰、俄国的鱼子酱。也有不少二流的歌手、舞者和音乐家将这里选作他们的旅居之地。

于是，文化也渐渐随之而来。这城市最初只是个供人立足的聚落，如今开始真正变得像个家园了。这里的人们彼此问候的方式、在擦肩而过时相互点头致意的方式，也都跟其他城市里的有些许细微的差别。那些在草创阶段就参与其中的男人，独享着人们的尊敬与爱戴。他们像是人群中的一小撮贵族，周身散发着与众不同的光芒。而新的一代也已经成长了起来，在他们眼中，这俨然是座古老的城市，似乎自开天辟地以来就存在于此了。那个砸响第一声铁锤、举行第一次庆典仪式、印刷出第一份报纸的年代，留在了遥远的过去，已经成为历史。

这座城市在与相邻诸市组成的城市群中处于领头羊的地位，因而一跃成了这片广阔区域的首府。宽敞明亮的街道两旁，曾经的土堆与水洼上建起了第一批木板房与铁皮屋，两边林立着庄严肃穆的政府机构、银行和剧院。在宽敞明亮的街道上，大学生们悠闲地漫步至校园与图书馆，救护车稳稳当当地驶向医院，某位议员乘坐的专车备受瞩目，人们纷纷向他致意。每年，到了城市的创始日，人们都会在二十所由砖石与钢铁建成的恢宏校舍里举办庆典，用歌曲与演讲来纪念这座辉煌城市的诞生。当初的北美大草原如今已被农田、工厂与村庄完全覆盖，二十条铁路线贯穿南北西东。群山亦不再遥远，一条山区专线将它与峡谷的中心地带直接相连。在山里，或者更远的海边，有钱人盖起了他们的夏日度假别墅。

建城百年后，一场大地震摧毁了整座城市，除零星区域有幸得以保留外，其余地方全部被夷为平地。震后，城市重新兴起，过去的小木屋现在都改成泥瓦房了；原来矮小的建筑，现在都变高大了；原先狭窄的街道，如今都变宽阔了。眼下，这座城市拥有整个地区最大的火车站和整个大陆最大的股票交易市场。建筑师与艺术家们用公共建筑、景观、喷泉与纪念碑装点，让整座城市再度焕发出青春的活力。在这个崭新的世纪里，它为自己赢得了全地区最美丽、最富有之城的称号，同时也成为一处观光胜地。

其他城市的政治家、建筑师、技术人员与市长们蜂拥而至，只为一睹这个著名城市的风采。他们对它的房屋建筑、自来水管线排布、市政管理等都进行了一番仔细的研习。与此同时，人们着手建造一座全新的市政厅，计划让它成为全

世界最恢宏、最壮丽的建筑物之一。而幸运的是，也正是在这个时期，随着财富的逐渐累积及城市自豪感的不断高涨，市民的审美品位也整体提高了，尤其是对建筑艺术及雕塑艺术的欣赏水平。这座迅速成长的城市，变成了一件时髦大胆、让人身心愉悦的鬼斧神工之作。内城区的建筑物无一例外，都用一种高贵典雅的淡灰色石料建成，一圈宽阔的绿化带环绕着内城，各式精美的公园巧妙地分布其中。在这个圆环的外侧，道路与房屋仍错落可见，一直绵延到更为广阔的原野与乡村。

城里有一座壮观无比的博物馆，许多人前去参观并为之惊艳不已。馆内有上百个展厅、庭院与礼堂，它将这座城市从诞生至今的全部历史一一展现出来。博物馆的第一间前庭气势就已经相当恢宏，里面陈列的都是些模型，还原了当初的那片北美大草原，其中有经过精心照拂的植物与动物，以及最初那些贫寒的棚屋、小巷。城市的年轻人踱着悠闲的步子，细细观赏它们的历史演变的过程——从帐篷和木板搭成的棚屋，到第一条崎岖不平的铁轨线，再到大都会街道的绚丽辉煌。他们也在老师的引导与讲授下，学习到了发展与进步的精妙法则，以及粗糙中如何生出精细，动物中如何生出人类，野蛮中如何生出文明，饥寒交迫中如何生出丰衣足食，自然中如何生出文化。

在这之后的一个世纪里，这座城市抵达了自己荣耀的顶峰。但那荣耀是在特属于富人的奢华无度中发展起来的，并且增长速度极为迅猛，于是到最后，底层群众不得不发动一场流血的革命，推翻这虚华的一切。暴民先是从离城市只数千米的大型炼油厂下手，他们四处纵火，这片原本满是工厂、庄园与乡村的土地绝大部分都被烧毁，剩下的部分也已经满目疮痍、尽显荒凉。城市本身尽管经受了屠戮与暴行的折磨，但至少得以幸存，并在动乱平息之后相对冷静的几十年里再度缓慢地恢复了元气。只是，从前那种欣欣向荣的生机与大兴土木的干劲已然再无重现的可能。就在这段难熬的日子里，海洋另一边的某个遥远国度突然间呈现出蓬勃繁荣的景象，那块盛产玉米、钢铁、银器以及其他珍宝的土地不但丰饶，还相当大方、乐意分享。对于那些旧世界里闲得无事做的壮劳力，尤其是他们的野心来说，这片新大陆有着巨大的吸引力。那里的城市仿佛一夜之间如雨后春笋般拔地而起，森林消失了，原本恣意倾泻的林间瀑布也被改造成了城市中的水源。

原来那座美丽的城市渐渐变得穷困。它不再是世界的心脏与大脑，不再是许多国家的市集与交易中心。现在只要它

还能勉强维系自己的生命，不至于彻底被淹没在新时代的喧嚣声中，就该心满意足了。那些闲散的劳动力，倘若没有即刻动身前往那遥远的新世界，便只能落得没有工开、没有地种、没有条件可谈、没有钱可赚的下场了。但另一方面，在这片如今正渐渐老去的文化土壤上，反倒有一种精神上的、思想上的生命力正破土而出、抽芽生长。一日比一日更死寂的城市里，出现了学者、艺术家、画家与诗人。这些人的祖先正是当年在这里盖起第一批房屋的那些人。如今，他们每一天都面带微笑，从容地享用着这静谧的城市里迟暮的思想愉悦与精神追求。他们拿笔画下长满苔藓的旧花园，画那花园中风化的雕像与变绿的池水，他们画出了那景象中让人感到沉重与忧伤的华丽与壮观。他们拿笔写出温柔的诗行，歌颂那古老的英雄辈出的时代，歌颂那时代里已远去的尘嚣，他们也写那些住在旧宫殿里倦乏的人正在走进的恬静梦乡。通过他们的笔端，这座城市的声望与荣耀再度名扬整个世界。无论外面的战争如何动摇着民众的生之根本，无论艰辛的劳作如何磨砺人们的体魄，在这个沉默无声、与世隔绝的角落里，人们倒是清楚，该怎样维系和平与安宁，怎样用回忆令那早已逝去的年代里曾拥有过的辉煌，不至于完全消散殆尽。繁茂的枝条交错着悬在宁静的街道上空；壮观的建筑物的外墙也有了风霜雨雪留下的斑驳印记，伫立在没有一丝杂音的广场上，仿佛早已入梦；布满苔藓的喷泉里，仍有水在汩汩流淌，仿佛正在嬉笑打闹一般，发出轻柔的声响。

在长达数个世纪的时间里，这座古老的、渐入梦乡的城市，对那更年轻的新世界而言，一直都是个备受敬重与青睐的地方，诗人们歌颂它，旅人们拜访它。但在此处，人们的生命活力却逐渐向其他大陆迁移。而且，出身于最古老家族的那一代人，本身要么再无开枝散叶的可能，要么也已经家道中落了。就连那最后的精神之花也早已实现了它绽放的目标，如今只剩些凋零枯萎的残枝败叶了。周边那些小城市早已彻底消失，变成一大片死寂的废墟，只有吉卜赛人与躲避风头的罪犯光临，偶尔藏身于其中。

经历了一次地震之后，虽说城市本身免遭浩劫，但城中的河流被迫改道，被荒弃的土地一部分成为沼泽，另一部分则寸草不生。从远山到近前，年代久远的采石场与民居留下的断壁残垣随处可见。而就在这些地方，森林，那曾存在过又消失过的古老的森林，又渐渐地、慢慢地重新长了回来。它望着眼前这片旷阔的原野，毫无生机地瘫卧在大地上，于是，它缓慢地、一小块接着一小块地将那城市环抱进自己绿油油的怀中。它为沼泽铺上一层仿佛能听得见低吟细语的绿意，为已干枯皲裂的碎石地种下青春有活力、坚强有韧性的针叶木丛。

最终，城中已经没有任何居民继续居住了，只剩下些无赖、恶棍与流浪汉占据了那些歪斜、下沉的旧日宫殿，当作自己的容身一隅。他们还把当年的花园与街道当作牧场，任由瘦骨嶙峋的山羊四处逛荡。可是，就连这最后一批居民，也在疾病中渐渐逝去。因为自从土地慢慢沼泽化之后，这里就常常遭受热病侵袭，彻底沦为荒无人烟之地。

那座旧市政厅，曾一度是它那个时代的骄傲，如今虽已成为废墟，却仍旧高耸，所有语言里都有专门歌颂它的歌曲，周边诸民族文化中数不清的神话传说都以它为发源地。如今，那些民族所建立的城市也早就消失不见，他们的文化也已经凋败、无人传承。那座城市的名字，曾经有过的壮丽，只有在讲给孩子们的鬼怪故事里，或者在忧郁悲伤的牧羊人之歌中还偶能听闻，只是遭到了不少歪曲，已经彻底变了形、走了样。

远方的众族，眼下文化正兴盛，学者们时不时会造访这里，在满是碎石瓦砾的废墟里来上一场不无风险的考察旅行，而他们试图探寻的秘密，则成为遥远的国度里，学童们热衷讨论的话题。他们觉得，那里肯定有纯金打造的大门和

镶满了宝石的墓碑，当地那些野蛮的游牧部落肯定掌握了从远古神话时代以来失传了千年之久的魔法巫术。

可是，自远处高山一路下延的森林仍在朝着平原腹地不断推进，湖泊与河流诞生过又消失了，森林踏着大步向前、再向前，渐渐地，它攻占、覆盖了整片土地及城墙、宫殿、庙宇与博物馆的遗址。狐狸、山貂、狼和熊成为荒原的新居民。

诸多旧宫殿早已坍塌，就算顶着日头也找不到一块废石，在其中一处遗址上，挺立着一棵年轻的松树。一年前，它还是身处最前线的传令兵，是不断向前开进的森林大军里的先锋。如今，它也只能看着后面更加年轻的队伍跟上来，甚至远远地把它抛在身后了。

"向前进！"一只啄木鸟大喊。它用尖喙一下又一下地敲击着树干，心满意足地看着持续壮大的森林，看着它在这片土地上落下的前进步伐，是如此壮美非凡、绿意盎然。

（1910 年）

鸟儿

　　从前，鸟儿生活在蒙塔斯多夫。鸟儿的色彩不是特别斑斓，歌声也不是特别优美。至于它的身形，也不是很大；不，见过鸟儿的人都说它很小，简直可以说是小巧玲珑。事实上，它也不太美丽，倒是有些奇形怪状，但它身上有一种奇特且伟大的东西，是其他动物和生灵身上都没有的。它不属于任何特定的物种。它不是苍鹰，不是雄鸡，不是山雀，不是啄木鸟，也不是燕雀，它就只是来自蒙塔斯多夫的鸟儿，天底下仅此一只，没有同类。在这里，人们从记事的时候起就知道它了。虽然只有蒙塔斯多夫的村民才了解它，但附近一些地方的人也听说过它。就像每个显得与众不同的人都会遭受的那样，蒙塔斯多夫的村民经常被人嘲笑。"蒙塔斯多夫的人啊，"他们说，"脑子里想的就只有那只鸟儿。"

　　从卡雷诺到莫尔比奥，乃至更远的地方，人们都知道鸟儿，都在讲述它的故事。但实际上只有到了最近，等鸟儿已经不在那里以后，人们才试图收集关于它的可靠信息。许多异乡人打听它的消息，不少蒙塔斯多夫的村民喝了这些人款待的美酒，最后才坦承自己其实从未见过这只鸟儿。不过，

虽然并不是所有人都见过它，但每个人都认识某个曾经见过鸟儿的人。现在所有这些关于鸟儿的描述都被记录下来，奇怪的是，无论是关于鸟儿的外观、声音和飞行方式，还是关于它的生活习性和与人类打交道的方式，说法都大不相同，甚至互相矛盾。

在以前，人们能更频繁地看到鸟儿，遇到它的人都很高兴，这无论如何都是一种经历、一次好运和一场小小的奇遇。就像热爱大自然的人偶尔遇到了一只狐狸或布谷鸟，可以近距离地观察它们，这就是一件幸事。仿佛在这一刻，动物放下了对人类的恐惧，人类也融入了纯真质朴的史前生活中。有的人很少关注鸟儿，就像有些人第一次看到龙胆草或者遇到一条聪明的老蛇，却没有什么感觉一样。但也有的人非常喜欢鸟儿，只要偶然遇见它，就会感到非常快乐和荣幸。偶尔——但是非常罕见——也会有人说，鸟儿可能是不祥的、可怕的，因为见过它的人会陷入躁动，夜间惊梦频频，无法安定下来，心里感觉不适或是思乡情切。另一些人则持相反意见，说没有什么比遇见鸟儿后的感觉更美妙、更让人飘飘然的了，就像是刚刚参加完一场典礼，或是听到了一首优美的歌曲，心里充盈着美好，下定决心要做一个不一样的自己，一个更好的人。

有个名叫沙拉斯特的人，他的表哥是长年担任蒙塔斯多夫村长的塞胡斯特。他一生都很关注鸟儿。他说自己每年都能见到它一两次，甚至是好几次，每次都会产生某种古怪情绪。这情绪会持续好几天，不能算是高兴，而是某种独一无二的感动，或者说是某种期待或预感。在这样的日子里，他的心脏的跳动与往常不同，几乎是有点疼痛的，至少在胸口处能感到有一颗心在跳动，平时我们可意识不到自己长着一颗心。总之，沙拉斯特偶尔会发表自己的意见，认为鸟儿住在这附近绝不是什么微不足道的事情，完全值得大家因此而感到骄傲。它确实非常罕见，大家应该意识到：经常看见这只神秘鸟儿的人，身上肯定有某些特别的、过于常人的地方。

（关于沙拉斯特，接受过高等教育的读者请注意：他是已经被遗忘的"鸟儿现象来世论"的主要证人和被大量论文引用的主要来源。此外，在鸟儿失踪之后，有一小批蒙塔斯多夫村民坚信鸟儿还活着，还会再次出现，他正是这批人的代言人。）

"当我第一次见到它的时候，"沙拉斯特说道，"我还是个小男孩，还没有上学。在我们房子后面的果园里，草坪刚刚修剪过，我站在一棵樱桃树旁边。有根树枝正好垂到我

眼前，我看到枝条上结满了硬邦邦的青果子。就在这时，鸟儿飞到树下，我立刻注意到它和我之前见过的其他鸟都不一样。它停在草坪上，跳来跳去。我好奇地向它走过去，跟着它穿过了整个果园，心里赞叹不已。它用闪亮的眼睛频繁地打量我，然后继续跳了起来，好像在独自歌舞。我很清楚地意识到它想吸引我，逗我开心。它的颈部有一些白色的羽毛。鸟儿在草地上一路跳啊，跳啊，跳到了果园后面的篱笆旁，那里种着荨麻。它向上飞起，落在一根篱笆桩上，婉转地叫着，再次友好地注视着我。然后它突然消失了，这完全出乎我的意料，我被吓了一大跳。之后我也多次注意到，没有任何动物可以像它一样在电光火石间突然出现或消失。我跑进房间，告诉母亲我看到了什么，她立刻告诉我这就是那只无名的鸟儿，我看见它是件好事，它会带来幸运。"

沙拉斯特的描述和其他人略有不同：鸟儿很小，比一只鹌鹑大不了多少，它的头尤其小，显得精巧、聪明和灵活。它看起来并不起眼，但你可以通过它金灰色的羽冠和它注视人的样子立刻认出它来，其他的鸟可不会像它这样打量人。它的羽冠和松鸦的类似，虽然它的身体要小得多，当它走起路来，羽冠总是上上下下地摆动着。鸟儿的动作非常灵敏，无论是飞翔还是行走，它的动作都十分流畅且富于表现力。它好像总是在以注视、点头、摇冠、行走与飞翔来传达某种讯息，提醒人们注意点什么东西。它仿佛始终带着任务，就像一位信使。人们虽然常常看到它，但总要花不少时间来思考它到底想要什么，到底意味着什么。它不喜欢别人侦察和跟踪它，人们永远不知道它从哪里来。它每次都是突然出现，停在你的附近，好像一直就待在那里，然后流露出友善的眼神。人人都知道，鸟类的目光通常是僵硬、畏怯和呆滞的，不会直视你；但它的目光却非常明朗，充满了友爱。

自古以来就有不少关于鸟儿的流言与传说。现在已经很少听到有人谈论它了，人们已经变了，生活变得艰难，年轻人几乎都去城里谋生了。一家人不会像过去那样，夏夜一起坐在门前的台阶上消暑，冬夜一起围坐在炉火旁取暖。人人都在为生活奔波，不再有时间做别的事情了，很多年轻人几乎叫不出几种野花或蝴蝶的名字。但即便是在今天，还是偶尔能听到某位老妇人或老先生给孩子们讲鸟儿的故事。其中有一个传说可能是最古老的：蒙塔斯多夫的鸟儿与世界同时诞生，它曾经目睹一对好兄弟反目，于是成为信使，飞去各处传播和平。直到今天，它依然在向世人传讯，告诫他们人与人之间要善待彼此、友爱相处。关于这个传说在古时就已有记录，关于它的歌谣也流传至今。但学者们说，尽管这个传说确实古老，也在许多国家以不同的语言流传下来，但很可能只是被错误地"移植"到了蒙塔斯多夫的鸟儿身上。他们给出的观点是，如果数千岁的鸟后来只在这个地区出现，而不在其他地方露面，那是不合逻辑的。

我们可以"提出我们的观点"，毕竟，传说并不总是需要像学术研究那样理智。我们甚至可以追问，是否就是那些学者给鸟儿的问题带来了这么多疑点和矛盾。因为据我们所知，在过去，鸟儿和关于它的传说从未引起过争吵，就算有不同版本的传说，大家照样会平静地接受它。关于鸟儿的描述如此迥异，这本身就是人们崇敬它的表现。我们还可以更进一步，对那些学者提出批评：他们不仅在某种程度上导致了鸟儿的失踪，还试图通过他们的调查抹除人们心中关于它的记忆与传说。把一切事物和概念都消解掉，大概就是这些学者的使命吧。可是，我们中间谁还拥有那种可悲的勇气，敢于强硬地反对那些对科学的发展多少有些功劳的学者呢？

算了，让我们回到往昔关于鸟儿的传说中，我们今天仍然可以在乡下村民那里听到这些传说的一部分。在多数传说中，鸟儿被认为是某种被施了法、被变形或者被诅咒的生物。这是受到了东方游历者的影响，从蒙塔斯多夫到莫尔比奥，他们的足迹遍布这片地区，极大地影响了传说故事的流变。有一个传说声称，鸟儿是一位中了魔咒的霍亨斯陶芬家族①的成员，他是这个家族最后一位伟大的皇帝兼术士，曾统治过西西里岛，了解阿拉伯智慧的奥秘。而大多数人听过的传说是这样的：鸟儿以前是一位王子（或者像村长听说的那样，是一位术士），曾经住在蛇山脚下的一栋红房子里，在当地享有很高的声望。后来，这里开始施行弗拉克森芬根

① 霍亨斯陶芬家族曾统治过神圣罗马帝国一百余年。

法律，许多人都无法再维持生计，因为法律禁止施法、念咒和变形之类的行当，谁再从事就会招致恶名。当时，术士在他的红房子周围种了多刺的黑莓树和金合欢树，不久后房子竟然消失在刺丛中。他只好离开那里，在蛇群的陪伴下慢慢地消失在森林里。此后，他时不时地变成鸟儿回来，迷惑人们的心，再练一练魔法。他对许多人施加的奇特影响当然只有魔法能够解释，至于这是好的白魔法还是坏的黑魔法，讲故事的人没有明说。

一些非常神奇的、带有母系文化色彩的传说残篇也受到了东方游历者的影响，其中"异乡女子"妮诺扮演了很重要的角色。这些传说残篇中有一部分声称，这个异乡女子成功地捉住了鸟儿，将它囚禁了好几年，直到村民们发怒，才让它重获自由。也有传说提到，异乡女子妮诺在术士变成鸟儿之前就认识他，和他一起住在红房子里，他们在那里养了黑色的毒蛇和长着跟孔雀一样的蓝色脑袋的绿蜥蜴。直到今天，蒙塔斯多夫的黑莓山上还有许多蛇，人们也可以清清楚楚地看到，每条蛇与每条蜥蜴经过术士故居的门口时，都会停下来鞠个躬。这个版本的传说，是村里一位早已经去世的老妇人妮娜讲的。她还曾声称，她在那座满是刺丛的山上采野菜时，经常看到许多蛇在鞠躬，现在那里还有一丛几百岁的玫瑰树的枯枝。但其他人则言辞确凿地表示，妮诺和术士之间一点关系也没有，她是在更晚的时候跟着东方游历者来到这里的，那时候术士早就变成了鸟儿。

从人们最后一次见到鸟儿至今，还不到一代人的时间。但见过鸟儿的老人们总是突然离世，终有一天，经历过鸟儿时代的人会全部离开，因此我们有必要把关于鸟儿的故事和它的结局记录下来，哪怕它们读起来有点颠倒混乱。

蒙塔斯多夫地处偏僻，这里的森林幽谷也鲜有人知，鸢鸟统治着森林，森林里到处都能听到布谷鸟的叫声。尽管如此，还是常有异乡人偶然来到这里，见到那只神秘的鸟儿，了解关于它的传说。据说，画家克林格梭尔在这里的一座宫殿废墟里住了很久，莫尔比奥的峡谷是因为东方游历者列奥出的名。（此外，根据一个有点荒谬的传说，妮诺就是从列奥这里拿到了水果蛋糕的配方，她用水果蛋糕喂养和驯化鸟儿。）总之，我们这个数百年以来籍籍无名的小村庄已经被外界所知晓和议论。在遥远的大城市和大学里，很多人的论文里写过列奥到达莫尔比奥的经历，他们对鸟儿的各种故事也非常感兴趣。许多草率的言论和论文不断涌现，好在学者们在严谨的学术研究中又努力地将其剔除。有一个荒唐的论断不止一次出现，说鸟儿实际上就是那只著名的、和画家克林格梭尔有关的、拥有变形的天赋并掌握了许多神秘知识的皮克托鸟[①]。但因为皮克托而出名的明明是"一只红中带绿的鸟，一只美丽勇敢的鸟"，原作里写得清清楚楚，真不知道为什么会把它们混为一谈。

　　最终，学术界对我们蒙塔斯多夫的村民和鸟儿的兴趣达到了巅峰。由鸟儿引发的一系列故事，也以如下形式达到了高潮。有一天，我们之前提到过的村长收到了上级发来的一

[①] 即黑塞在另一篇童话作品《皮克托的变化》里所描写的鸟。

封公函，内容如下：

奉博学的枢密顾问卢茨肯施泰特之命，东哥特帝国公使大人特令此地村长办公室办理下述事宜，并尽快公布于辖区：某无名鸟，在当地被称为"蒙塔斯多夫的鸟儿"，将在帝国文化部的支持下，由枢密顾问卢茨肯施泰特亲自负责研究和调查。凡有知晓此鸟的生活习性、日常饮食或与之相关的谚语和传说者，请通过此地村长办公室上报于伯尔尼市东哥特帝国公使馆。

又：生擒此鸟并通过村长办公室将其完好献与公使馆者，得赏金一千杜卡特①；呈送鸟尸或完好皮毛者，得赏金一百杜卡特。

村长呆坐了很久，仔细地研究着这封公函。他觉得政府部门竟然忙于办理这种事情，实在是有点可笑。如果只是那个博学的东哥特人或东哥特帝国公使馆提出的要求，他会直接把公函给撕了，或者暗示那些家伙，村长可没工夫陪他们玩这种游戏。但这个要求来自他的上级，这是命令，他必

---

① 杜卡特是一种意大利铸造的金币，在中世纪欧洲很受欢迎。

须遵从。年老的文书巴尔梅利伸直胳膊，把公函举到很远的地方，用老花眼认认真真地读完后，强忍着不露出嘲讽的微笑，严肃地说："村长先生，我们必须服从，没办法。我会写好公告的。"

几天后，整个村庄的村民都通过村委会的公告栏了解到：鸟儿失去了法律保护，外国想要得到它，出高价购买它，联邦和本州都不再保护传说中的鸟儿。至少这是巴尔梅利和许多人的看法。如果谁抓住或打死可怜的鸟儿，谁就会得到高额赏金，成为一个富有的人。所有人都在谈论这件事，所有人都挤到公告栏前面，表现得非常活跃。年轻人兴高采烈，他们决定马上设陷阱、铺荆条。年老的妮娜摇了摇白发苍苍的脑袋，说道："真是造孽啊，联邦议会应该为此感到羞耻。只要能挣到钱，他们什么坏事都干得出来！但他们别想抓住它！老天保佑，千万别让他们抓住它！"

村长的表弟沙拉斯特也读了公告，但他保持着沉默，什么也没有说。他又非常仔细地读了一遍公告，然后慢慢地向村长家走去。刚走进花园，他突然又想起了另一件事，转身跑回了家。

沙拉斯特一生都与鸟儿保持着某种特别的关系，他见到它的次数比其他人更多，对它的观察也更细致。可以说他几乎是信仰着鸟儿，严肃地看待关于它的一切，心里也给它赋予了深刻的意义。因此，这份公告对他影响很大，让他非常矛盾。一开始他和年老的妮娜以及大多数上了年纪、思想守旧的村民一样，深感震惊，怒火中烧，仅仅因为外国贪图他们的鸟儿，竟然就要抓捕、运走甚至是杀死他们的珍宝与标志！这位罕见而神秘的森林来客，这只富有童话色彩、远古时代就出现的生灵，它使蒙塔斯多夫出了名，也受到了嘲笑，还带来了那么多的故事与传说——这样的鸟儿难道要为了金钱和科学，为了学者那残忍的好奇心而牺牲？这真是前所未闻，不可想象。大家被要求这样做，简直是在亵渎神明。可是，如果权衡利弊的话，难道这不会给捕猎者带来非凡和光彩的一生吗？而且要捕获被悬赏的鸟儿，难道不需要一个特别的、精挑细选的、命运早被注定的人吗？这个人应该从儿时起，就与鸟儿维持着神秘、亲近的关系，将自己的命运和鸟儿的命运编织在一起。谁会是这个万里挑一的人呢？除了他——沙拉斯特，还能有谁呢？如果他出于道德和理智的缘故，放弃了他的使命，不选择背叛，难道就不会有别人做这件事吗？

这些思绪在沙拉斯特的头脑里奔流着，暴躁地翻涌着。他回到了自家的果园，在这里，童年时的他第一次见到了鸟儿，第一次感受到了这种奇妙的经历所带来的快乐。他转过身，心绪不宁地在房子后面走来走去，走过羊圈，走过厨房的窗户，走过兔笼，身上那件新长袍扫过挂在粮仓后墙上的草耙、草叉和镰刀，但他全不在意。思虑、渴望与决心搅得他像喝醉了酒一样激动。他心情沉重，幻想着口袋里装满了上千枚杜卡特金币。

村民们激动的情绪继续在发酵。自从消息公布以来，所有人都聚集在村委会外面，时不时就有一个人走到公告栏前再读一遍公告。大家都表达了自己的观点和态度，并凭借过往的经验、机智和圣人的智慧，为自己据理力争。全村分成了两大阵营，只有少数几个人没有明确表示对公告是赞同还是反对。有一些人像沙拉斯特一样，觉得猎鸟是可憎的行为，但又想要赏金，只不过并不是每个人都像他这么谨慎又复杂地调停内心的矛盾。

年轻人的处理方式最为直接。无论是道德上的顾虑，还是保护家乡的热情，都没有办法阻止他们行动的欲望。他们觉得总得试试陷阱，也许可以幸运地抓住鸟儿，不过成功的概率应该不大，因为他们不知道用什么食物引诱鸟儿。如果能见到它，那倒是可以毫不犹豫地射击它，毕竟把一百杜卡特拿到手比幻想一千杜卡特要强多了。他们高声赞同共同行动，已经开始争论捕猎的一些细节了。有一个人高喊道，给他一把好枪和半枚杜卡特，他就马上出发，花上一整天去寻找它。几乎所有的老人都是反对者，他们认为这一切简直是闻所未闻，呼喊或低语着充满智慧的箴言，咒骂今天的人们已经不再纯洁和忠诚了。年轻人笑着回答他们说，现在重要的不是忠诚，而是射击水平。只有那些眼睛瞎到看不准鸟儿的位置，手指患痛风握不住枪的人，才会在那儿空谈美德和智慧。

到处都一片吵闹，人们对这个新问题争论不休，几乎到了废寝忘食的地步。不管和鸟儿之间的关系是否亲近，他们都热情洋溢地谈论着自己家族的成与败，恳请每个人都想一想，想一想获得幸福的先祖，想一想那位老鞋匠[①]，想一想传说中穿越沼泽的东方游历者。他们无法忍受对方，但又不能在分出胜负前互不搭理，只好不断地把祖辈们的箴言搬出来，像自白般念叨着过往。例如，有一位年老的农夫声称，他曾在身患重病、卧床不起的时候，在窗外看到了鸟儿，仅仅瞥了一眼，他的病就慢慢地好起来了。

他们不停地说着，有的是说给自己听的，表达内心真实的想法；有的是说给其他村民听的，或标榜或控诉，或赞同或讽刺。不管是吵是和，他们都体会到了一种快乐，这种快乐源自自己的强大、阅历和作为蒙塔斯多夫村民的骄傲。他们要么觉得自己年长睿智，要么觉得自己年轻聪慧，彼此嘲笑。他们怀着一腔热血，满口道理地捍卫父辈的优良传统；或者怀着一腔热血，满口道理地质疑父辈的优良传统。他们

---

① 黑塞早期代表作《在轮下》中的人物，他倾尽全力想说服主人公，但因其身份低下，知识和社会经验匮乏，反而充满讽刺意味。

援引祖先、嘲笑祖先，夸耀自己年老有阅历、夸耀自己年轻有活力，彼此针锋相对，几乎要打起来。他们叫喊、大笑，体会集体生活的融洽与摩擦。所有人都在自信的海洋里航行，坚信自己的观点正确无误，能很好地教育别人。

就在这一连串混战的过程中，九十岁的妮娜恳求她那长着一头金发的外孙顾念自己的祖先，不要参与这场残忍又危险的猎鸟行动。年轻人却毫无敬畏地在白发苍苍的妮娜面前表演起了狩猎剧。他假装把枪贴着脸颊，眯眼、瞄准，然后尖叫着"砰，砰！"。

这时，意料之外的事情发生了，老人和年轻人都陷入缄默，像被石化了一样站在那里。随着老巴尔梅利的一声呼喊，所有的目光都顺着他手指的方向看去。他们看到了鸟儿，那只被谈论已久的鸟儿从村委会的屋顶上飞下来，落在了公告栏的边缘。它用圆圆的小脑袋摩挲着翅膀，磨了磨鸟喙，唱了一支简短的歌曲。它挥动着敏捷的尾巴上下飞舞、啁啾唱歌，小小的羽冠高高竖起。而且，就像很多村民听说过却没有见过的那样，它在众目睽睽之下梳理起了羽毛，尽情地展示自己。它低下头，好像也想看看公告栏的内容，了解一下自己值多少钱。它也许只停留了片刻，但所有人都觉得这是一次隆重的拜访，一次明目张胆的挑衅。

此刻，没有人对它"砰，砰！"，所有人都站在那里，像中了魔法一样，为这位勇敢的来客感到震惊。它出现了，还选择了这个地点和这个瞬间，显然是来取笑他们的。他们赞赏又尴尬地注视着它，心中自然而然地涌出了喜悦——他们刚才还谈论了它半天呢。

这个地方因为这只鸟儿才声名卓著。它曾经是那对好兄弟反目的证人，是霍亨斯陶芬家族的成员，或是王子，或是术士，住在蛇山脚下的一栋红房子里，那里现在还有许多蛇。它激发了外国学者和权贵的好奇心和占有欲，为了捕获它，他们出价一千个金币。所有人都赞美它，热爱它，即使是那些一秒钟后就捶胸顿足、后悔猎枪不在身边的人，他们也爱它，以它为荣。它属于他们，是他们的荣光、他们的骄傲。它挥动着尾巴，竖起浓密的羽冠，站在公告栏的边缘上，离他们的头顶很近，就像一位统治他们的王侯或是属于这片地区的一枚徽章。

当它突然消失，所有人凝视的地方突然变得空寂时，他们才如梦初醒，相视大笑，高声喝彩，赞美这只鸟儿。同时，他们也大叫着让人拿猎枪来，互相打听着它飞去了哪个方向。想起这就是那只治愈了老农夫的鸟儿，九十岁的妮娜的祖父还见过它，他们有种异样的感觉，像是幸福和想笑的冲动，也像是知道了某种秘密、被施了魔法和惊骇的感觉。所有人突然四散跑开，跑回家去喝汤，终结了这次隆重的集会。所有村民都心潮澎湃，他们心中的君王无疑就是那只鸟儿。村委会前安静了，过了一段时间，正午的钟声响了起来，村委会前的广场已是一片空荡的死寂。在公告的白纸上，缓缓地落下了公告栏边框的阴影，刚才鸟儿还在那儿待过呢。

此刻，沙拉斯特正在屋子后面走来走去，他沉浸在思绪里，经过了草耙、镰刀、兔笼和羊圈。他的脚步逐渐变得平静和均匀，他在神学与道德上的考量也越来越接近平衡与镇静。正午的钟声惊扰了他，他被吓了一跳，清醒了过来。他知道妻子马上就会喊他回家吃饭，有点惭愧自己刚才的胡思乱想，踩着皮靴的踱步声也重了些。就在妻子的呼唤声响起的那一刻，有什么东西在他眼前一闪而过。一阵嗡嘤的喧响像微风吹过，鸟儿停在樱桃树上，如树枝上的花朵一样轻盈。它摇着毛茸茸的羽冠，转着小小的脑袋，轻声啁啾，看着他的眼睛，眼神就像他小时候看到的一样。沙拉斯特还没来得及感到心跳加速，鸟儿又飞了起来，穿过枝叶消失在风中。

从鸟儿停在樱桃树上的这天正午算起，除了沙拉斯特，还没有别人见过鸟儿。他已经下定决心抓住鸟儿，得到赏金。但这位鸟儿的老相识知道，他永远也不能成功地捕捉到它，因此他准备了一把老猎枪，在里面放了细小的颗粒来射击，这种东西被称为"鸟之阴霾"。他盘算着，这样不会杀死鸟儿或是伤害到它，只是用最为细小的颗粒对它造成轻伤，把它吓晕过去。如此一来，他就能活捉它了。这个谨慎的人准备了一切可以达到目的的东西，包括一个用来关它的小鸟笼。从这一刻起，他尽一切努力让自己枪不离手。如果某个地方不能带枪，他宁愿遗憾地离开。

可是，就在他再次遇到鸟儿的那一刻——就在那年秋天——他的枪刚好不在手边。那里离他家很近，鸟儿像往常一样安静地出现，慢悠悠地选好位置落下，然后用熟悉的啁啾声向他打招呼。它落在一棵老柳树粗糙的残枝上，沙拉斯特经常从树上剪下柳枝去捆扎水果棚。它就在那里，离他不到十步远，叽叽喳喳地叫着。它的敌人心里再次感受到那种奇妙的幸福（既快乐又痛苦，好像是在警示他，他不可能过上某种生活）。他来不及回去取枪了，忧虑和担忧让他脖子后面瞬间沁出了冷汗。他知道鸟儿从来不会待太久，于是快速地跑回屋里。他拿着枪回来，看到鸟儿还在柳枝上，然后慢慢地、一点一点地向它靠近。鸟儿毫不畏惧，对猎枪和他

奇怪的行为全无戒心。沙拉斯特异常激动，他瞪大眼睛，弯腰弓背，心怀愧疚，极力做出若无其事的样子。鸟儿等着他靠近，充满信任地看着他，用戏谑的眼神鼓励他。他举起猎枪，闭上一只眼睛，用了很长时间瞄准。

终于，枪口发出一声巨响，不等烟雾散尽，沙拉斯特就已经跪在柳树下开始搜寻。从柳树下一路找到花园篱栅，再回头找；找到蜂巢，再回头找；找到种豆子的地里，再回头找。他找得很仔细，双手一点一点地在草地上摸索着，一遍，两遍，三遍……一个小时，两个小时……第二天早晨，他又摸索了一遍又一遍。他找不到鸟儿，哪怕一根羽毛也找不到。它离开了，这个地方对它来说太粗俗、太吵闹了。鸟儿喜欢自由，喜欢森林与寂静，它不再喜欢这里了。它飞走了，这一次，沙拉斯特又没有看到它飞往何方。也许它回到了蛇山脚下的红房子里，长着蓝色脑袋的绿蜥蜴在门口向它鞠躬。也许它飞得更远，回到了更深的森林和更古老的时代，回到了霍亨斯陶芬的时代，回到了见证兄弟反目的时代，回到了世界之初一片混沌的时代。

从那天起，再也没有人见过鸟儿。不过，依然有许多人在谈论它，关于它的消息到今天也没有完全断绝。东哥特帝国的一座大学城还出版了一本关于它的书。古时流传着很多关于鸟儿的各种传说，自从它消失以后，它自己也成了传说。很快就没有人能肯定鸟儿真的存在过了。它曾经是当地的守护神，曾经被高价追捕，曾经有人对它开枪……可这一切都是过去的事了。如果以后的时代里有学者再次研究这个传说，也许会把它当成想象出来的民间故事，并根据神话构建的理论一点一点地加以阐释。因为有一点显然不可否认：无论何时何地，总有一些生灵被视为特别的存在，它们漂亮、优雅、善良，受到大家的崇拜，因为它们预示着一种更美丽、更自由、更富有生机的生活。而各个地方的情况也是差不多的：孙辈总是嘲笑祖父辈崇拜的守护神。有一天，美丽优雅的生灵将遭到猎杀，它们的头颅或皮毛会被人重金求购。不久以后，它们的存在就会变成传说，振翅而飞。

没有人能断言，关于鸟儿的传说以后会流变成怎样。沙拉斯特在很年轻的时候就以可怕的方式不幸身故，我们在此不对此事发表评论。

（1932 年）

森人

　　在远古的时候，年轻的人类尚未大量繁衍，生活在地球上的主要是森人。他们紧挨着彼此，畏畏缩缩地居住在热带原始森林深处的隐蔽之地，时常与他们的亲眷——猿猴起些纷争。森人唯一的神灵与唯一的法令，就是森林。森林是他们的家园，是他们的庇护所，是他们的摇篮、巢穴与坟墓。人们想象不出任何一种在森林之外的生活，总是避免抵近森林的外缘。如若有人运气不好，因狩猎或逃亡被迫到那儿去，等他回来的时候，总会仿佛受到了极度的惊吓似的，用颤抖的声音讲述起森林外的情形：那是片惨白的空地，致命的烈日把一切都晒干了，只留下令人毛骨悚然的荒芜。曾有那么一个上了年纪的森人，他在几十年前，被野兽一路追逐出森林，刚一踏出林子，他就失去了视力。现在，他成了祭司和圣人，名唤"玛塔·达拉姆"（这个词的意思是"眼睛长在心里的人"）。他编了一首神圣的森林之歌，每当暴风雨来临时人们都会唱起它。所有的森人都听信于玛塔，因为他曾用双眼直视太阳，却没有因此而丧命。这桩过往既是他的荣耀，也是他的秘密。

森人们身材矮小，皮肤呈褐色且体毛茂盛，他们走路的时候总是弯着腰驼着背，还带着怯生生的野人特有的眼神。他们行走的方式既像人类，也似猿猴，即使走在高耸的枝丫上也如履平地。他们还搭建不出什么房屋或草棚，不过已经可以制造出一些武器、装备甚至是首饰了。他们懂得如何用坚硬的木料打磨出弯弓、利箭、长矛以及可以在争斗中派上用场的各种棍棒；他们会用树木的韧皮做成项圈，再把风干的莓果或坚果挂在上面当成装饰；他们还会在脖子上或头发上佩戴各自珍爱的宝物：野猪的獠牙、老虎的利爪、鹦鹉的羽毛、从溪里捡来的贝壳。

一望无际的森林正中央有一条大河，森人们只敢趁着昏暗的夜色靠近岸边，甚至还有许多人从来就没亲眼见过它。稍微勇敢一点的，会偶尔在夜里溜出丛林，蹑手蹑脚地暗中守候着。他们会在微弱的水波闪烁中，看到象群在河里洗澡；还会惊异地望见，繁星挂在红树林层叠的枝叶上，放射出耀眼的光芒。至于太阳，他们可从来没见过，就连在夏日里朝它河里的影子瞥一眼，都够危险的了。

在玛塔·达拉姆担任头领的那一支森人部落里，有个名叫库布的小伙子。他是族中青年的首领，同时也代表着心怀不满的那一派。这种不满情绪的出现，是因为玛塔的日渐衰老和对权力的愈加痴迷。迄今为止，这个盲眼老者都是靠别人给他提供吃食来过活，这似乎已经成为他的一种特权，而且人们都习惯来找他寻求建议，也都会跟着唱他的森林之歌。后来，他又设了些麻烦的新规矩，据他说，那些都是森林之神在梦中给他的启示。但一些青年和持怀疑态度的人却称，这个老头子根本就是个骗子，他的所作所为只不过都是在为自己寻好处罢了。

玛塔最新的花招，是举行一种叫作"新月庆典"的仪式。在庆典上，他让大家围成一圈，自己则坐在圆圈当中，敲着皮鼓。其他的森人则必须围着他转圈跳舞，同时唱着《勾罗·艾拉》之歌，直到他们筋疲力尽、四肢瘫软倒地为止。然后，每个人都要用一根荆条在左耳上穿个耳洞，年轻的女子则会被带到祭司跟前，由他亲自来穿。

这个仪式遭到了库布以及不少年轻人的强烈抵制，他们还致力于说服那些年轻的女孩，也站出来反抗。有那么一次，他们差一点就成功了，当时极有希望打破祭司的权威。那是在又一次新月庆典上，老者照例准备给女孩们穿耳洞。正当此时，一个身强力壮的年轻人大叫起来，喊声震惊了所有的族众，他用这声大吼发起了一场起义。这喊声惊得本就眼盲的老者误将荆条戳向了姑娘的眼睛，姑娘于是也大叫起

Hesse
1920

来。所有人都跑了过来，等看清究竟发生了什么事之后，大家都沉默了，既震惊又十分恼火。那帮年轻人打算一举夺取胜利，纷纷往人堆儿里凑过去，库布也鼓足了勇气，准备把祭司扛到自己肩上。

就在这一刻，老者突然站起身来，用像公鸡打鸣一样的声音和讥讽的口气，恶狠狠地说出了一句咒语，所有人都吓得四散逃开，库布更是惊骇，整颗心仿佛被瞬间冻住了。玛塔嘴里念叨着没人听得懂的咒语，架势与腔调如此狂野阴郁，好像一场令人生畏的祭祀。紧接着，他诅咒了那年轻人的双眼，说它们必将成为贪食猛禽的饱腹之餐；诅咒了他的五脏六腑，预言它们早晚有一天会暴露在野外，遭到烈日的炙烤。所有的人都惊愕不已，连个敢大声呼吸的都没有。

"你将会在外头丧命！"老人诅咒库布。从此以后，每个人见到库布都像避灾一样尽量绕着走。"外头"，那意思就是——在家乡的外面，在有树荫庇护的森林外面。"外头"，意味着受惊吓、遭日晒，意味着蒸腾着的、要人命的空旷与寂静。

库布发现每个人都对自己避之不及，干脆躲进了一棵空心树的树干里，从此销声匿迹了。他不分昼夜躺在里面，徘徊于恐惧与执拗之间，一会儿担心有人来殴打报复他，一会

9. Juli 23

2. Juli 23

儿又害怕日光照进丛林，将他炙烤成肉干。可是到了最后，无论弓箭还是长矛，日照还是雷击，都不曾降临。他所面临的，唯有无力感与饥肠辘辘。

库布从树干里爬了出来，头脑清醒，甚至感到一丝失望。

"祭司的诅咒压根儿就没有灵验！"他惊讶地想，然后开始找起食物来。饱餐过后，他再度感受到了流淌于自己各个关节之间的生命力，这时，骄傲与仇恨也一并重返他的心灵。只是眼下，他再也不想回到自己的同类身边去了。这一次，他要做个独行侠、局外人、一个会遭族众憎恨的人。祭司那个老瞎子，除了跟在他的屁股后面，念叨着不会生效的咒语之外，对他奈何不得。他做好了孑然一身的准备，也打算就此独活下去，但在这之前，他得替自己报了仇才行。

于是，库布边走边绞尽脑汁地思索。他把一切曾引起自己怀疑、当初看上去有诈的细节都琢磨了个遍，先是想到了祭司的那面鼓，又想到了各种庆典。库布越是往深了想，看得也就越清楚：没错，那就是骗局，一切都只是谎言。他越来越警觉，将自己的不信任对准了所有曾被当作真实与神圣的东西。什么森林之神？什么森林之歌？到头来只不过是一场骗局！他压抑住心中隐秘的骇然之情，用轻蔑的音调唱起那首森林之歌，他把歌词乱改一通，还大叫了三声森林之神的姓名。这名字原来只能由祭司呼唤，别人但凡叫了就会受天罚。可他叫了以后，一切平静如常，没有风暴降临，也没有天打雷劈的事发生！

就这样，这个孤独的人在外流浪了好几天，甚至好几个星期，他的额头上布满了皱纹，目光如针般尖利。他还做了一件至今没有任何人敢做的事，那就是，在满月之夜来到河岸边。他先是望着星月在水中的倒影，然后久久地、大胆地看向满月和星辰本身。并没有任何灾难因此降临在他身上。当满月升起时，他一整夜一整夜地坐在岸边，沉醉在本是禁忌的光影盛宴中。许许多多惊人的冒险计划浮现在他的心中。"月亮是我的朋友，"他想，"星星也是我的朋友，但那个老瞎子是我的敌人。而且，或许那个'外头'比我们'里面'还要好，或许那一整套所谓森林的神圣性只不过是编造出的一派胡言！"于是他在某天夜里，想出了一个放肆却绝妙的主意（比所有的人类都早了好几个世代）：用树皮把树枝绑成筏子，坐在上面，顺着水流向下游漂荡。他眼里迸出火花，心也跟着扑通扑通剧烈地跳动。可这个主意真的实行起来又是困难重重，因为整条河里都是鳄鱼。

除了离开森林（如果说森林真有尽头的话），投身于那灼热的旷野与充满恶意的"外头"之外，已别无他路可通向未来。要找到太阳那庞然大物，并经受住它的考验才行。因为——谁知道呢——到头来，就连那关于太阳有多可怕的古老教诲，说不定也只是一个谎言！

这个念头，作为那一连串放肆、冲动、狂野的想法的最后一环，让库布不禁打了个冷战。自这个世界存在以来，无论在哪个时代，都不曾有任何一个森人敢自告奋勇离开森林，接受来自日光的挑战。他继续漫游，日复一日，脑中时时刻刻都带着这个念头。最后，他终于攒足了勇气。在一个晴朗的正午，他颤抖着向河的方向潜行，一路蹑手蹑脚地来到波光粼粼的岸边，用无畏的眼神找寻着水面上太阳的倒影。他在一片明亮中有些头晕目眩，倒影反射出的光芒更是狠狠地刺痛了他的双眼，他不得不闭上双眼稍事休息，过一会儿再重新鼓足勇气将它们睁开，如此往复几次之后，他终于成功了。日光不再是完全不可招架之物，这看太阳的动作甚至让他的心中充满了喜悦与力量。库布渐渐对太阳建立起了信任感。他爱它，哪怕自己有可能会丧命于它的威力之下。他憎恶的不是太阳，而是那个衰老的、阴暗的、腐朽堕落的森林，那里容得下祭司胡言乱语、叽叽喳喳，但像自己这样勇敢的年轻人，却要沦落到被贬谪、被驱逐的境地。

这下，他坚定的心意已经成熟了，到了像收获甜美果实一样采取行动的时候。他用硬木打造了一把刃面锋利、手柄纤巧的新斧头，第二天一早就带着它寻找玛塔的踪影。他顺着足迹找到了老祭司，一斧头让他归了天。库布将武器留在原地，好让大家知道复仇者是谁。而在斧头光滑的刀面上，他又用贝壳刻出一个圆圈，周身还有许多条笔直的放射线：那是太阳的形象。

库布勇敢地继续踏上征程，目标是那个遥远的"外头"。他沿着一条笔直的路线，从天亮走到天黑。夜里，他睡在枝丫上；清晨天刚破晓，他便继续上路。就这样，他走了好几天，走过溪流与黑色的泥沼，而后又走过了他从来都没见过的高地与长满青苔的石板路。他翻越陡峭的山崖，在峡谷里稍做停留，随后再度挺入山峦深处，紧接着又是一大片无边无际的森林。如此这般周而复始，以至于他终于怀疑起自己当初的念头来。他伤心地琢磨着，或许真有那么一位森林之神，禁止林中一切生灵离开他们的家乡。

他日夜不停地攀登了很久很久，地势越来越高，空气越来越干燥、稀薄，就这么竟然毫无预兆地抵达了终点。森林到此为止，旁边就是裸露的大地。在这里，森林突然坠入了由空气构成的一片虚无中，仿佛世界在这个分岔口被折断了一样。除了远方一点微弱的红晕与几束星光之外，什么都看不见。夜晚，已经降临了。

库布坐在旧世界的边缘，把自己紧紧捆在藤条上，以防坠落。一方面出于恐惧，一方面出于野性的兴奋，他整晚都没合眼，就蹲坐在那里。第二天一早，天刚蒙蒙亮，他就迫不及待地一跃而起，弓着腰望向那片虚空，等待着白日的到来。

绝美的日光发散出一道道黄色的光线，在遥远的天边交织成一片光晕。天空看上去好似因期待而颤抖，就像此刻库布因为第一次见识夜与日如何交替而颤抖一样。黄色的光束变得越来越夺目耀眼，突然间，从横亘于两个世界的纵谷里，猛地蹦出一轮又大又红的朝阳，一跳就跳到了天上。它从那无边无际的灰色虚无中越升越高，灰色则顷刻变成了一片蓝黑交加——那是大海。

于是，所谓的"外头"就这样赤裸裸地展露于颤抖的森人面前。在他的脚下，山岭坠入面目难辨、烟雾弥漫的深渊，它的对面则耸立着如宝石般璀璨的玫瑰色岩崖，侧旁横卧着遥远且宏伟壮阔的深色海洋，周边环绕着布满泡沫的白色海岸线，岸上矮矮低低的树木正点头致意。而就在这一切的顶上，在这成百上千、新奇而陌生的巨大形体之上，旭日冉冉升起，它携通红炽热的波涛，翻滚着足迹踏遍

整个世界，世界亦瞬间被它点燃，回它以斑斓绚烂的盈盈笑颜。

　　库布没有办法直视太阳。但他可以看到五彩缤纷的潮水正披着它的光芒，奔流过群山、岩崖、海岸线以及远方蓝色的海岛。他俯下身去，将他的脸贴近大地，敬拜这光芒四射的世界里统管万物的众神。嗬，他算是谁啊，库布?! 他不过是一只矮小而肮脏的野兽，他麻木的一生都在密林里只见影不见光的烂泥坑中度过，那里的人们畏畏缩缩，那里的世界幽微暗淡，那里所谓的小破神一个个都形貌猥琐。这里才是真正的世界，它至高无上的神是太阳。森林生活像一个冗长而卑劣的梦，已经是遥远的过往，它跟那位祭司苍白的形象一起，如今开始在库布的心灵里渐渐消解。库布手脚并用，沿山壁向陡峭的深渊底部爬去，朝着光与海洋的方向，整个人沉浸在一种易逝的迷

蒙幸福之中，心头跳动着如梦似幻的预感。他觉着，有那么一片明亮的、被太阳统治着的大地，万物都明朗而自由，它们全都活在光明之中。大家都是太阳的臣民。

（1914 年）

法尔顿

年度集市

通往法尔顿城的道路要穿过一个丘陵密布的地带，有时穿过森林，有时穿过宽广而青绿的草地，有时穿过麦田，越靠近城市，沿途出现的农庄、奶场、花园和乡村别墅就越密集。大海遥不可及，人们看不到它，这个世界似乎只有小山丘、美丽的小山谷、草地、森林、耕地和果园。这是一片从不缺少水果与木材、牛奶与鲜肉、苹果与坚果的土地。村庄非常美丽、整洁，人们非常善良、勤劳，不怎么喜欢危险和刺激，每个人都心满意足，因为邻居的状况和自己也差不多。法尔顿地区（区域和城市同名）生来如此，就像世界上大多数的地方一样，没有什么特别的事情发生。

这天早晨，通往法尔顿城的美丽道路从公鸡第一声打鸣开始就变得非常热闹，因为今天城里有一年一次的大集市。方圆三十千米内所有的农夫、农妇、师傅、伙计、学徒、男仆、侍女、男孩和女孩，都是在几个星期之前就开始盼望着去参加集市。不过，还是有些人去不了：牲口和年幼的孩子

得有人看管，病人和老人也得有人照料。不得不留下来守家的人，都感觉自己这一整年几乎算是白过了。夏末的早晨，阳光和煦，他们的心中却十分难过。

妇人和女孩们手臂上挽着小小的藤篮，男孩们都刮了脸，每个人的衣服扣眼上都别着一朵丁香花或紫菀花，身上穿的都是节日里才会穿的盛装。女学生们精心编起发辫，在阳光的照耀下显得湿漉漉的，油光发亮。驾车的人在马鞭上绑一朵花或一根红缎带，还有更讲究的，在马的鞍座两侧一直到膝盖的部位，都挂上抛过光的黄铜片。几辆马车驶过来了，上面搭着山毛榉树枝做的绿色屋顶，里面的人紧紧地挤在一起，怀里抱着藤篮或孩子，大部分人都在高声歌唱。时不时会有一辆花车驶过，花车以彩旗和红、蓝、白色小纸花作为装饰，再搭配山毛榉的绿叶。花车里传出震耳欲聋的乡村音乐，在树枝的缝隙之间，可以看到金色的小号和喇叭，隐隐约约地闪着光彩。一些很小的孩子从一早就开始走路，累得哭了起来，汗流浃背的母亲连忙安慰他们。有一些运气好的孩子，被善良的车夫看到了，就让他们上了车。一位老妇人用婴儿车推着一对双胞胎，两个孩子都睡着了，枕头上有两个衣着光鲜、容光焕发的小布娃娃，脸颊就像真娃娃的一样圆乎乎、红润润的。

那些住在路边却不打算去年度集市的人，从早晨就开始感受到热闹的气氛，一直睁大眼睛左顾右盼。不过这样的人只占少数。一个十岁的男孩坐在花园的台阶上哭泣，因为他得待在家里陪伴他的祖母。等他坐够了，也哭够了，刚好看到几个村里的男孩走过去，他一口气跳到街上，加入了他们。不远处住着一个老单身汉，他对集市不感兴趣，因为他没什么钱。今天早晨，当所有人都在欢庆的时候，他只是安静地拿着自己的大花剪去修剪花园里高高的山楂树篱墙，这篱墙已经不得不修了。但没过多久他就停了下来，愤怒地躲回房间里，因为所有经过这里的男孩看到他在修剪树篱，都非常惊讶，嘲笑他勤劳得不合时宜，女孩们也跟着发笑。他气得挥舞着长剪刀威胁他们，所有人却大笑着向他挥舞着帽子。现在他坐在紧闭的百叶窗后，但还是嫉妒地从缝隙里往外张望。他的愤怒随着时间慢慢平息，看到最后几个赶集的人匆匆走过，好像非常幸福的样子，他终于坐不住了，立刻穿上靴子，在钱包里放了一枚银币，拿起手杖准备出发。这时，他忽然想到一枚银币是很大一笔钱，又把它拿出来，换成了半枚。然后他把钱包放进口袋里，关上房屋和花园的门，匆匆跑向集市。他跑得快极了，在到达城里之前，已经超过了许多行人，甚至超过了两辆马车。

他走后，房屋和花园都变得空空荡荡的，街上纷纷扬扬的灰尘开始轻轻地落下，马蹄声和奏乐声都渐渐消散。麻雀已经从麦茬地里飞了出来，沐浴在白蒙蒙的尘土中，看这场喧闹后是否有残余的食物。路上空无一人，一片死寂，又无比闷热，从远处吹来的风里，偶尔会夹杂着一声微弱而模糊的欢呼或小号的声音。

这时，有一个男人从森林里走出来，宽阔的帽檐几乎

遮住了眼睛，非常悠闲地在冷清的公路上独自漫步。他个子很高，步伐坚定沉稳，像那些长期徒步的旅人。他穿着不起眼的灰色衣服，眼睛在帽檐的阴影下仔细而平静地注视着四下，就像一个对世界没有任何渴求，但专注地注视一切，对任何细节都不肯忽略的人。他什么都能看到。

他看到了无数杂乱的车辙。他看到了一匹骏马奔跑的蹄印，它左后腿的蹄子有些磨损了。他从远处尘土飞扬的薄雾中看到了闪烁的屋顶，那正是建于丘陵上的法尔顿城。他看到一个瘦小的女人在花园里徘徊，充满了恐惧和痛苦，听到她在呼唤什么人，却没有得到回应。他看到路边有一小片金属在闪光，便俯下身捡起它，那是一块闪闪发亮的圆形黄铜片，是从马的项圈上掉下来的。他把铜片放进自己的口袋里。接着，他看到路边有一道老山楂树篱墙，有一部分已经修剪过了。这项工作起初做得精细又干净利落，是在满怀快乐的情况下做的，但后面每一剪都越来越差：有一个地方剪得太深了；有些枝条被遗忘了，带着刺，突兀地伸出来。这个异乡人发现路上还躺着一个布娃娃，头上的痕迹一定是车辙；还有一块扔在地上的黑麦面包，上面涂着的黄油已经融化了，闪闪发亮；最后他找到了一个硬皮钱包，里面有半枚银币。他把布娃娃靠在路边的一块石头上，把面包掰碎了喂麻雀，把装着半枚银币的钱包装进了自己的口袋。

　　冷清的路上有一种难以言说的寂静，两侧的草坪蒙着厚厚的灰尘，被太阳烤焦了。隔壁的一个农场里，鸡群四处走动，里里外外看不到一个人。那些鸡被太阳晒得昏头昏脑的，叽叽咕咕地叫着。异乡人走过一个甘蓝菜园的时候，看到一位老妇人弓着背站在那里，在干燥的土地上拔着杂草。异乡人叫住了她，问她到城市还有多远，但她耳背听不见。他喊得更大声了，她也只是茫然地看着他，摇着发丝斑白的脑袋。

　　他继续往前走，时不时听到来自城市的音乐，时而喧嚷，时而低沉，越来越频繁，越来越持久，最终变得持续不断，像远处一道哗啦啦的瀑布。音乐声和人声混杂在一起，好像所有人都在城里尽情狂欢。现在路边出现了一条河，宽阔而宁静，蓝色的水面上游着一群鸭子，水下长满了绿褐色的海草。然后道路开始上升，小河转了个弯，上面有一座石桥。桥的围栏很低，桥上坐着一个瘦削的人，看起来像个裁缝。他垂着头睡着了，帽子已经掉到了地上，身边有一只滑稽的小狗看守着他。异乡人想叫醒他，怕他在沉睡中掉进水里。但他低头看了看，桥身不高，水也很浅，就让这人坐在那里继续睡。

他走过了一小段陡峭的斜坡，来到了法尔顿城的门口。大门敞开着，那里一个人也没有。他走进去，脚步声在石板街道上突然发出响亮的回声。两侧的房屋前，停放着卸空了的马车。从其他街道传来噪声和沉闷的奔跑声，但这里没有一个人。这条小巷光线极暗，只有最顶层的窗户映照出日光。异乡人想在这里稍事休息，便在一辆马车的车辕上坐了片刻。他继续往前走的时候，把在外面捡到的黄铜片放在了马夫的座位上。

　　他还没有走出这条巷子，周围就响起了喧闹和狂欢的声音。上百个摊位旁，小贩们大声叫卖着自己的货物，孩子们吹着镀了银的小号。肉铺老板从煮沸的大锅中捞出了整串新鲜的香肠。一个江湖郎中站在高高的看台上，透过厚厚的牛角框眼镜急切地张望着，旁边挂着一张关于人类的所有疾病的图表。一个留着乌黑长发的人从郎中身边经过，手里牵着一匹骆驼。骆驼高昂起长长的脖子，傲慢地看着人群，豁开的嘴唇不断咀嚼着。

　　来自森林的异乡人仔细地观察着所有人，任由人群将他推来推去。他这里看看连环画的摊位，那里读读写有箴言的甜姜饼，但不在任何地方停留，好像还没有找到他想找的东西。他慢慢地往前走，来到了大广场，看到角落里有一个鸟贩子。他听了一会儿从许多小笼子里传出来的声音，作为回应，他也轻轻地向它们 —— 红雀、鹌鹑、金丝雀和篱莺 —— 吹起了口哨。

　　他突然被附近某种明亮耀眼的东西晃到了眼睛，仿佛所有的阳光都聚集到了这一个焦点上。他走近些，发现原来是一面挂在木墙上的大镜子。它旁边还挂着许多其他的镜子，有数十面、上百面，甚至更多。这些镜子有大有小、有方有圆，还有椭圆形的；有的可以挂在墙上，有的可以放在桌上；有的可以拿在手里，还有的又小又薄，可以放进口袋里，这样你就可以随时拿出来看看自己的面容。卖镜子的人站在那里，拿着一面闪光的手持镜，把阳光反射到自己的铺子里，让炽烈的反光在木墙上跳舞，同时嘴里不停地喊道："镜子！我的客人们，这里可以买镜子！法尔顿最好、最便宜的镜子！镜子，女士们，美丽的镜子！您快来看一看，都是真的，都是上等的水晶！"

异乡人停在了卖镜子的摊位前，好像找到了他要找的东西。在看镜子的人中有三个来自乡下的年轻女孩。他站在旁边，仔细地打量她们。她们都是自然、健康的农家女孩，不漂亮但也不丑，穿着厚底鞋和白色长袜，金色的发辫被太阳晒得有些褪色，年轻的眼睛里充满热情。每个女孩手里都拿着一面镜子，但都不是那些大的、贵的。她们犹豫着要不要买，品尝到了做选择的微妙痛苦。每个人都迷失在明亮的镜中深处，像做梦一般打量着自己的样子：嘴巴和眼睛，颈上戴的小首饰，鼻子上长的几颗雀斑，顺滑的头发，粉色的耳朵。这时，她们变得沉默而严肃。站在她们身后的异乡人睁大眼睛，几乎是快乐地注视着三面镜子中的形象。

"唉，"他听到第一个女孩说，"我希望我有一头金红色的头发，长度到我的膝盖！"

　　第二个女孩听了朋友的愿望，轻轻地叹了口气，更认真地看着镜子。然后她也红着脸，说出了自己心里的梦想。只听她羞怯地说："如果可以许愿，我希望自己拥有一双美丽的手，很白，很娇嫩，有纤长的手指和玫瑰色的指甲。"她边说边看着自己拿着椭圆形镜子的手。这只手并不丑陋，但手指有点短，手掌有点宽，因为劳作变得粗糙和坚硬。

　　第三个女孩是她们中间最小的，也是最容易满足的，她笑着说："这个愿望不错。但你知道吗，手长什么样，其实并不重要。我希望从今天起就成为整个法尔顿最优秀、最轻盈的舞蹈家。"

　　这时，女孩突然感到害怕，急忙转过身来，因为她在镜子里看到，自己的脸后面还有一个陌生人，正用乌黑发亮的眼睛注视着她们。这就是站在她们后面的那个异乡人，她们三个之前都没有注意到他。此刻，她们全都惊讶地看着他的脸，他向她们点点头，说："你们刚刚许了三个美丽的愿望，你们是当真的吗？"

　　最小的女孩放下镜子，双手背在身后。她想教训一下这个吓了自己一跳的陌生人，思考着如何用一句尖锐的话来反驳他。她看着他的脸，发现他的眼睛里充满了力量，顿时感到有些窘迫。"我许什么愿望和您有什么关系呢？"她只说了这一句话，脸颊就涨得通红。

但另一个渴望拥有漂亮双手的女孩非常信任这个高大的男人，觉得他身上有一种父亲般的既亲切又威严的感觉。她说："当然，我们是认真的。难道有比这些更美好的愿望吗？"

卖镜子的人走了过来，其他人也都听到了这些对话。陌生人掀开帽檐，露出了白皙、高耸的前额和凌厉的眼神。现在他亲切地向三个女孩点点头，微笑着喊道："看看吧，你们的愿望已经实现了！"

女孩们先是望向彼此，然后赶快照镜子，三个人都因为惊讶和喜悦而变得脸色苍白。第一个女孩有了一头垂到膝盖的浓密的金红色卷发；第二个女孩用雪白纤细、公主一般的手握着镜子；第三个女孩突然穿着红皮革舞鞋站在那里，脚踝变得像小鹿的脚一样纤细。她们根本无法理解发生了什么事情，但那个得到了纤纤玉手的女孩已经喜极而泣，靠在朋友的肩上，把脸埋在她金红色的长发里，幸福地哭泣着。

这时，摊位周围的人开始议论和怪叫，转眼就把这件事传开了。一个年轻的手工匠伙计睁大眼睛看到了一切，像石头一般呆望着这个陌生人。

"你也有什么愿望吗?"陌生人突然问他。

这个伙计被吓到了,他很困惑,于是无助地四处张望,看看他可以要什么。这时,他在一个猪肉摊贩那里看到了一个由粗大的脆香肠做成的大花环,就结结巴巴地说:"我想要一个那种脆香肠的花环。"看啊,花环已经挂在了他的脖子上!所有看到这一切的人都开始大笑和尖叫,每个人都试图凑到前面,每个人都想许个愿,他们也得到了允许。相比前面那几个,接下来许愿的那个人,胆子变得大多了:他希望自己有一套可以在节日里穿的新衣服。他刚说完,身上就换了一套崭新的漂亮衣服,连市长的衣服也不比它漂亮多少。然后一位乡村妇女走过来,她鼓起勇气要了十枚银币,银币立刻就在她的口袋里叮当作响。

人们看到了真正的奇迹,消息即刻在市场上和整座城市里传播开,人们很快聚集在卖镜子的摊位前。许多人笑着拿这件事开起了玩笑;有些人不肯相信,说起话也满怀疑问;但还有许多人已经发起了许愿热,他们眼睛灼热、面孔发烫,被贪婪和忧虑折磨得心神不安,因为他们每个人都担心还没有轮到自己,奇迹的源泉就会干涸。男孩们想要蛋糕、弓弩、猎犬、几袋子坚果、书和保龄球,女孩们则带着新衣服、发带、手套和遮阳伞快乐地离开。那个十岁的小男孩扔下祖母跑来集市，因为眼前琳琅满目的好东西和集市的热闹而兴奋不已。他用响亮的声音说想要一匹真正的马，而且必须是黑色的，话音刚落，立刻就有一匹漆黑的马在他身后嘶叫，脑袋亲密地在他的肩上蹭着。

在被魔法迷住的人群中，一个拿着手杖的老单身汉挤到了前面，他身体颤抖，激动得几乎说不出话。

"我想，"他磕磕巴巴地说道，"我想要……两百……"

异乡人注视着他，从口袋里掏出一个皮质钱包，举到这个兴奋的小个子眼前。"等等！"他说，"你是不是把这个钱包弄丢了？里面有半枚银币。"

"是的，我弄丢了！"老单身汉喊道，"那是我的。"

"你想要我还给你吗？"

"是的，是的，还给我吧！"

他拿到了钱包，也因此浪费了自己的愿望。当他明白了这一点以后，他愤怒地用手杖去打那个异乡人，但没有打到他，只是撞倒了一面镜子。镜子破碎的声音还没有消失，卖镜子的人就已经过来索赔了，老单身汉不得不付钱。

现在有一个肥胖的房东走上前，提出了一个很大的愿望：给他的房子换一个新屋顶。话音刚落，崭新的瓦片和新刷白的烟囱就开始在巷子里闪闪发光了。所有人又重新激动起来，他们的愿望越来越大，很快就有一个不知羞耻的人希望在集市广场旁拥有一栋四层高的新房子，一刻钟后，他已经靠在窗边，探身向外欣赏年度集市的盛况。

这已经不再是真正的年度集市了，城里的人就像从河流源头流出的小溪，只流向卖镜子的摊位，因为有个异乡人在那里，能够实现人们许下的愿望。每个愿望实现后，都会引来惊讶的叫喊、嫉妒或笑声。一个饥饿的小男孩只求把一顶帽子装满李子，一个不太谦逊的人想要用银币填满他的帽子。接下来赢得欢呼与掌声的是一个胖女人，她希望摆脱一个沉重的肿块。但这时愤怒和嫉妒显示出了威力：这个女人和她的丈夫过得并不幸福，而且他们刚刚才大吵一架，于是丈夫放弃了让自己暴富的愿望，许愿让消失了的肿块重新长回它原来的位置。虽然两次许愿后，什么也没有改变，但有了这个先例后，人们带来了许多病人和残疾人。当瘫痪的人开始跳舞，盲人用眼睛幸福地迎接光明那一刻，人群陷入了一轮新的狂欢。

与此同时，年轻人到处奔忙，向大家宣告这里发生的奇迹。有人讲起一位忠实的老厨娘，说她正站在炉边给主人烹制鹅肉，也听到了窗外的呼喊声。于是她忍不住跑到了集市广场，希望她的生活立刻变得富有和幸福。但她越是往前

挤，良心就越是不安。当她来到前排，被允许许下愿望的时候，她放弃了一切，只希望在她回去之前那只鹅不要烧焦。

骚动没有终结。保姆们抱着孩子冲出家门，平日里卧床不起的老人穿着衬衫在小巷里激动地奔跑。有一个从乡下来的矮小妇人，完全不清楚是什么情况，看起来非常困惑和绝望。当听说了关于许愿的事情后，她抽泣着恳求找回她丢失的孙子。看啊，那个男孩骑着一匹小黑马来了，笑着扑进了她的怀抱。

最后，整座城市的人都聚集到了一起，被一种迷醉的气息所笼罩。一对对恋人手挽着手行走，他们的愿望已经实现了。穷人驾着豪车，身上还穿着早上那身打了补丁的旧衣服。许多人已经开始后悔许了一个不明智的愿望，他们要么伤心地离开了，要么坐在广场的水井旁借酒浇愁 —— 有个捣蛋鬼许愿把井里的水变成上等的葡萄酒。

最终，法尔顿城只剩下两个人对奇迹一无所知，也没有许过愿望。那是两个年轻人，他们住在郊区一栋老房子的高高的阁楼里，窗户紧闭着。其中一个站在房间中央，下颌抵着小提琴，全心全意地演奏着；另一个坐在角落里，双手托着头颅，全神贯注地聆听着。傍晚的阳光斜射进小小的百叶窗，把桌子上的一束鲜花映成了深红色，光线从墙上折射到旧地毯上。房间里充满了温暖的阳光和炽热的琴音，就像一个闪烁着宝石光芒的小小宝库。小提琴手闭目拉琴，一边演奏，一边来回摇晃身体。听者静静地注视着地面，忘我地坐在那里。

这时，一阵响亮的脚步声在小巷里响起，房子的大门被推开了，有人踢踏着走上通往阁楼的楼梯，沉重的脚步声咚咚作响。来人是房东，他拉开门，大笑着朝房间里叫喊着，琴声戛然而止，缄默的听众猛地跳了起来。小提琴手也因为被打扰而感到难过和愤怒，满怀责备地看着那个人的笑脸。但房东没有注意到这些，他像醉汉一样挥舞着手臂，冲他们喊道："你们两个傻瓜，还坐在这里拉小提琴，外面的世界全变了！清醒点，快跑，不然就赶不上了！集市上有一个人，能让每个人都实现自己的愿望。这样你们就不用再住阁楼了，也不用连这么点房租都交不上了。趁现在还来得及，快去！我已经成了有钱人了。"

小提琴手听了很惊讶，但因为房东不肯罢休，他只好放下小提琴，戴上帽子出门了。他的朋友默默地跟在后面。他们一走出这栋房屋，就看到半座城市都发生了奇怪的变化。他们像做梦一样经过一栋栋房子，它们昨天还是灰暗、歪斜、低矮的样子，现在却像宫殿一样富丽堂皇。他们之前认

识的那些乞丐现在都坐着四驾马车经过，或者从漂亮房子的窗户里骄傲地向外张望。有一个瘦小的、看起来像裁缝的人，身后跟着一条小狗。他汗流浃背地拖着一个又大又重的袋子，几枚金币从袋子的一个小洞里漏到石板路上。

这两个年轻人不知怎么走到了集市广场上，站在了卖镜子的摊位前。那个异乡人对他们说："你们倒是不急于许愿，我正要走呢。你们有什么想要的东西吗？尽管开口。"

小提琴手摇了摇头说："唉，让我安安静静地待着就好！

我什么都不需要。"

"什么都不需要吗？你好好想想！"异乡人喊道，"只要你能想得出来的，都可以成真。"

小提琴手闭上眼睛想了片刻，然后轻轻地说："我希望有一把小提琴，我能够用它演奏出美妙的音乐，整个世界的噪声都不再能叨扰到我。"

看啊，他手里出现了一把漂亮的小提琴和一把弓，他拿起小提琴演奏起来，那乐曲就像天上的仙乐一样甜蜜又有力。听众都停在原地倾听，目光变得肃穆。小提琴手的演奏越来越热忱、越来越精彩，他仿佛被某种无形之物托起，最后消失在高空中。但他的音乐声仍然从遥远的地方传来，像晚霞一样泛着轻柔的光辉。

"你呢？你想许什么愿望？"异乡人问另一个年轻人。

"现在你把我的小提琴手也夺走了！"年轻人对他说，"我这辈子除了聆听和观赏之外没有别的乐趣，我只愿意思考不朽的事物。因此我希望成为一座山，像法尔顿的大地一样宽广，顶峰高耸入云。"

然后地下传来雷鸣般的巨响，一切都开始摇晃。玻璃哐啷破碎的声音不绝于耳，镜子一面接一面地倒在石板路上，摔得粉碎。集市广场摇摇晃晃地升起，就像一块下面藏了一只猫的长布：猫突然醒来，将背部高高拱起。人们陷入巨大的惊恐中，数千人尖叫着从城市逃向田野。那些留在集市广场上的人，看到城市后面升起了一座穿透云层的大山，原本平静的小河变成了泛着白沫的狂野山涧，从山上长驱直下，跌落到峡谷里。

在一瞬间，法尔顿地区隆起了一座巨大的山，城市坐落在山脚下，在高山之巅可以望见远处的大海。虽然变化如此之大，但没有一个人受伤。

一个站在镜子摊位附近，目睹了一切的老人对他的邻居说："这个世界已经疯了，我很高兴我的日子不长了。我只为小提琴手感到可惜，我还想再听他演奏一遍。"

"是啊。"另一个人说，"可是那个异乡人去哪里了？"

他们环顾四周，他已经消失了。当他们抬头看这座新形成的高山时，他们看到异乡人正在攀登，身上的大衣在风中飘舞。在夜空的衬托下，他的身影有一瞬间显得异常高大，然后消失在一块岩石后面。

山

一切都会消失，所有的新事物都会变旧。距离那次年度集市已经过了很久，有些那时变得富有的人没多久就再次变穷了。那个有着长长的金红色头发的女孩早就结婚了，生了几个孩子，这些孩子在晚夏时节也会参加城里的年度集市。那个舞步轻捷的女孩成了城里的一位大师，她的舞蹈水平依然出色，甚至比一些年轻舞者跳得更好。她的丈夫在当时通过许愿拥有了许多钱，这两个快乐的人看起来还能幸福地安享他们的晚年。

至于第三个有着美丽双手的女孩，她是所有人中最怀念当年在镜子摊旁那个异乡人的。她没有结婚，也没有变得富有，但她依然拥有一双漂亮的手。因为这双手，她不再做农活儿，而是做起了照料村庄孩子的工作，给他们讲童话故事和她经历过的那场神奇的年度集市——那时候穷人变得富有，法尔顿地区隆起了一座高山。当她讲述这个故事的时候，她面带微笑地注视着自己公主般纤细的手，满怀深情，让人觉得当年在镜子摊旁的人没有比她更幸运的了。她一直都很穷，没有结婚，只能给别人家的孩子讲述她美丽的故事。

那些年轻人现在也老了，那些老人现在已经去世了。只有那座山依然屹立，没有改变，也没有衰老。当峰顶的白雪穿过云层闪烁时，它似乎在微笑，为自己不再是人类而感到高兴，因为它不再需要按照人类的标准来计算时间。高山的岩壁在城市和乡野之上闪耀着光芒，它那巨大的阴影每天都在大地上游荡，山下的溪水与激流宣告着季节的来临与消逝，这座山已经成了所有人的宝藏与父辈。

森林在它身上生长，草地上摇曳着青草与花朵；山泉从它身上涌出，冰雪与石头也从它身上出产，石头上长出彩色的苔藓，溪畔生长着勿忘我。山的内部有洞穴，水滴像银线一般，年复一年地从一块石头滴到另一块石头，演奏着单调的音乐。山的缝隙里有神秘的暗穴，水晶数千年来耐心地在那里生长。从来没有人攀上过山顶。据说，山顶上有一个小小的圆形湖泊，除了日月星辰，从来没有映照过其他东西。无论人还是动物都没见过这个山间湖泊，因为即使老鹰也飞不到那么高。

法尔顿人幸福地生活在城市里和山谷里，他们给孩子庆生，参加集市，从事各种行业，帮忙安葬乡亲。对于那座山的认知和梦想，从父辈传到孙辈，代代不息。牧羊人和猎羊者、割草人和访花者、牧民和旅客丰富了这座山的宝藏，吟游诗人和说书人让它声名远播。他们知道幽暗的洞穴、隐蔽处不见阳光的瀑布、深处已经裂开的冰川，知道如何辨认雪崩和天气突变时的迹象。这片土地上的温暖和冰霜、流水和

林木、天气和风雨，都是拜高山所赐。

已经没有人记得以前的事情了。那场神奇的年度集市成了一个美丽的传说，传说中当时法尔顿的每个人都可以许下自己的愿望。但人们不再相信这座山也是在那一天升起的。这座山肯定是从一开始就有的，并且将永远仁立在那里。这座山就是故乡，就是法尔顿。但人们很喜欢听三个女孩和小提琴手的故事。长久以来，总有年轻人把自己关在房间里，如痴如醉地拉着小提琴，梦想着有朝一日拉出最美的曲调时，能像那位小提琴手一样飘然而去。

这座山依然寂静地耸立着，不改其壮大。每天清晨，它都看着绯红的太阳从海面上升起，从东到西绕着它的峰顶转上半圈；每天晚上，它都看着寂静的星辰再走一遍同样的路。每年冬天，它的身上都覆盖着厚厚的冰雪。每一年雪崩时，积雪都会从山坡上一泻千里。天蓝和鲜黄的夏花在残雪边开放，溪流奔腾，湖水在阳光下变成温暖的湛蓝色。迷失的水流在暗隙中发出沉闷的响声。顶峰小小的圆形湖泊依然覆盖着厚厚的冰，它整整一年都在等待，只为了在短暂的盛夏睁开自己波光粼粼的眼睛，反射几日太阳的光华，再掩映几日繁星的光辉。在黑暗的洞穴里，水滴在石头上发出永恒的声响。在幽闭的暗穴里，千年水晶忠诚地向着完美的方向生长。

山脚下有一个比城市略高一点的山谷，一条清澈又宽阔的小河从桤木林和柳树林之间穿过。彼此相爱的年轻人会搬到那里居住，向山和树木了解季节的奇迹。在另一个山谷里，男人们每天都会练习骑马和打仗。在一个陡峭、高耸的圆形岩峰上，每年的夏至之夜都会燃起炽烈的火焰。

时间飞逝，这座山保护着爱之谷和演武场，它给牧民、樵夫、猎人和船工提供场地，给人们奉献造房的石头和冶炼的铁矿。它沉静地目睹着一切，任人们予取予求，从不干预。譬如，当夏季的第一场山火在圆形岩峰上燃烧的时候，它看了上百遍，然后又看了上百遍，它看到下面的城市伸出笨拙的小手臂，努力把自己的身体拓展到老城墙外；还看到猎人们放弃了弓箭，改用自制火枪。对于它而言，世纪更迭就像四季流转，一年好似一个小时。

在漫长的岁月里，有一年夏至日，圆形岩峰上红色火焰不再燃烧，从那以后大火被人遗忘了，山不关心这事。演武场变得荒凉，跑道上长满了车前草和蓟草，山对此并不在意。有一次，山体滑坡改变了山的形状，滚下的岩石摧毁了半个法尔顿城，它也不阻止。它几乎不向下看，也没有意识到这座被摧毁的城市停滞不前，没有得到重建。

　　它不在乎这些，但它开始操心其他一些事情了。时间在流逝，看啊，就连山也变老了。当它看到太阳升起、移动、落下的时候，它觉得景象和过去不同了；当星辰映照在惨白的冰川上的时候，它觉得自己和它们不再一样了。现在日月星辰不那么重要了。对它来说，重要的是它自己和它身体内部发生的事情。因为它感到有一只奇怪的手在岩石和洞穴的深处工作，让古老的坚硬石头变得脆弱，风化形成页岩。溪流和瀑布不停地侵蚀它的身体，越来越深入。冰川消失了，湖泊的面积变大了，森林变成了石林，草地变成了乌黑的沼泽地。从远处侵袭而来的冰碛石和鹅卵石，就像一条条尖细的冰舌，无情地舔舐着大地。下面的土地也变得非常奇怪：

怪石嶙峋、一片焦土、静寂无声。山逐渐内敛，只关注自己的内心。它感到自己与日月星辰并不一样，这让它很欣慰。它觉得自己和风、雪、水、冰才是同类，它们都像它一样，看似永恒不朽，实际上在慢慢减损，慢慢消逝。

于是，山拿出更热忱的态度，将流经自己的溪水引入山谷，小心翼翼地让积雪滑落山坡，温柔地照顾草地上的花朵，让它们以更好的姿态沐浴阳光。进入高龄的它回忆起当年那些人。它不认为自己是人的同类，但它想要去寻找他们，它开始觉得孤独。可城市已经不在了，爱之谷里不再有歌声，牧场上也不再有小屋。没有一个人在了。他们都已经成为过往。一切都变得寂静，一切都走向枯萎，只有一道阴影留在空中。

当这座山真切地感觉到"消逝"是怎么一回事后，它不由得颤抖起来。它的顶峰向着一侧倒下，山体轰然坍塌。破碎的岩石滚过早就填满了石头的爱之谷，一直滚到了海边。

是的，时代不一样了。为什么它还总是回想起人类，并思念着他们呢？当年夏至的山火熊熊燃烧，爱之谷里的年轻人成双成对地散步，那不是很美好吗？他们过去时常唱起的歌是多么甜美和温暖啊！

衰老的山完全陷入了回忆。几个世纪又过去了，它身上的洞穴一个接一个地坍塌，发出低沉的雷响声，而它几乎毫无察觉。当它想起人类的时候，过往的沉郁音乐在它心中响起，让它倍感痛苦，它感受到了一种难以理解的感动和爱、一场黑暗又缥缈的梦境，好像它也曾经是一个人，或某种与人相似的事物，它也曾高歌并聆听别过人唱歌。万物易逝的感悟，似乎从一开始就在它心中扎根了。

岁月流逝，山在下沉，被粗糙的石头荒漠所包围，暮年的它沉湎在自己的幻梦中。过去究竟是什么样的？难道没有一声响动、一根细细的银线将它与过去的世界联系在一起吗？它竭力翻检已经腐朽的记忆暗夜，不安地寻找着那根被扯断的银线，一次次俯身面对过往的深渊。在某个遥远的年代里，它不也曾为人与人之间的情谊和爱而热血沸腾吗？它这个孤独的巨人，不也曾是人类中的一员吗？在他刚出世的时候，母亲不也曾为他吟唱吗？

它不断地沉思着，它的眼睛，也就是湛蓝的湖泊，变得浑浊和沉郁，变成了沼泽和泥淖；曾长满青草和小花的地上现在碎石密布。它正思考着，突然从难以想象的远方听到了一个缥缈的声音，那是一首乐曲，一首人类的乐曲。它在再次认出这首乐曲的时候痛苦地颤抖起来。在乐曲中，它看到了一个人，一个年轻人，被声音包裹着，飘浮在阳光明媚的天空中。上百种被掩埋的记忆开始震颤，纷纷扬扬地飘落下来，在山的脑海中翻滚。它看到一个男人的脸，那对乌黑的眼睛向他眨了眨："你想许什么愿望？"

它许了一个愿望，一个无声的愿望。在它许完愿后，一切折磨都结束了。它无须再记起那些遥远的往事，摆脱了所有令它痛苦的东西。山坍塌了，那片土地也陷落了。在法尔顿的旧址上，无边无际的大海涌起波涛，太阳与星辰在海面上交替运行。

（1915 年）

藤椅的童话

　　一个年轻人坐在冷清的阁楼里。他想当一名画家，但有许多困难要克服，首先就是要安静地住在自己的阁楼里。随着年岁增长，他慢慢地习惯在一面小镜子前坐上几个小时，尝试为自己绘制自画像。他已经画满了一整本画册，其中有几幅画令他感到非常满意。

　　"考虑到我完全没有受过专业的训练，"他自言自语道，"这幅画已经非常不错了。鼻子旁边的皱纹非常有趣，人们会发现我身上有一些思想家的气质，或是与之相似的东西。我只需要把嘴角稍微往下画一点，表情就会变得很独特，显得非常忧郁。"

　　然而过了一段时间后，当他再次看画的时候，他又不再喜欢它们了。这令他很不愉快，但他得出结论，这是因为他正在进步，正在对自己提出越来越高的要求。

　　这个年轻人对自己的阁楼和阁楼里的东西并不是很上心，达不到理想、熟悉的状态，但肯定也不算糟糕。他对它们所做的事并不比大多数人多，也不比大多数人少 —— 他几乎不怎么观察它们，也不太了解它们。

当他一次又一次觉得自画像不怎么成功的时候，他会去读点书，书中有一些人年轻的时候像他一样人微言轻、默默无闻，但后来获得了极大的名声。他喜欢读这样的书，仿佛在书中读到了自己的未来。

有一天，他待在家里，心情有些郁闷，便读起了一位非常著名的荷兰画家的传记。他了解到，这位画家心中充满了激情，甚至可以说是狂热，他整个人完全被这种要成为一名出色画家的狂热所支配。这位年轻人发现他与这位荷兰画家有一些相似之处。但当他继续读下去的时候，他又觉得还是有一些不同的地方。例如，当天气恶劣、无法在室外绘画的时候，这个荷兰人并不会停下画笔，而是满怀激情地描绘他眼前出现的所有事物，哪怕是最微不足道的东西。比如有一次他画了一双旧木鞋，还有一次他画了一把倾斜的旧椅子，那是一把用木头做的、非常粗糙的厨房用椅，椅子上的坐垫是用稻草编的，已经破旧不堪。这把椅子之前从未有人用正眼看过，现在这位画家却满怀着诚挚和激情来画它，让它成了自己最美丽的画作之一。这本书的作者用了许多美好、感人的话语来描绘画中的椅子。

这个读书的年轻人停了下来，陷入了思索。他必须尝试一些新的东西。他决定立刻——他是个当机立断的年轻

Hesse. 27.

人 —— 效仿这位大师，追随他的脚步成为一位伟大的画家。

他在阁楼里四下张望，这才意识到自己对周围的事物关注得太少了。他找不到倾斜的有草编坐垫的椅子，也找不到旧木鞋，有一瞬间，他有些忧伤和丧气，几乎要像以前一样，在阅读大人物生平后丧失信心：他发现，所有那些在大人物的命运中起到重要作用的细节、暗示和机缘巧合，都没有出现在他的身上，他只不过是在徒劳地等待着它们。但他还是很快就振作了起来，觉得毅然走上通往名誉的艰难道路才是他真正的使命。他打量着小房间里的所有物品，发现一把藤椅很适合做他的模特。

他用脚把椅子钩近了一点，削尖他的铅笔，把素描本放在膝盖上，开始绘画。他先轻轻地描了几笔，勾勒出大致的形态，然后迅速而有力地画出了清晰的轮廓线。角落里一处深深的三角形阴影吸引了他，于是他用厚重的笔触把它描绘了出来。然后他继续绘画，直到觉得似乎有什么地方不太对劲。

他又画了一会儿才停下笔，然后拿起画册，将他的素描和实物做比对。这时，他发现这把藤椅已经被他画得变形了。

他愤怒地在画上又添了一笔，然后恶狠狠地盯着椅子看。还是不对，于是他生气了。

"你这把藤椅，可真是个魔鬼！"他气急败坏地喊道，"我从未见过如此狡猾的畜生！"

藤椅嘎吱了几声，漠不关心地说道："没错，好好看看我！我就是我自己，永远也不会改变。"

画家用脚尖踢了一下藤椅。它立刻向后退，现在它的样子又完全不同了。

"你这把蠢椅子，"年轻人喊道，"你把全身都弄得歪歪扭扭的。"

藤椅微微一笑，温和地说："这叫作透视画法，我年轻的主人。"

年轻人跳了起来。"透视画法！"他愤怒地尖叫着，"连一把椅子都想当我的老师！透不透视是我的事情，不是你的，请注意这一点！"

椅子不再说话了。画家生气地在房间里走来走去，直到楼下有人用手杖敲打地板才停下来。楼下住着一位博学多识的年长画家，他无法忍受噪声。

他坐下来，拿出最新画的一幅自画像。但他不喜欢它。他发现自己实际上看起来更漂亮、更有趣，这是事实。

现在他只想继续读书，但书里还有很多关于那把荷兰稻草椅的内容，这令他恼火。他觉得作者实在过于看重那把椅子了，唠叨个没完……

　　年轻人找到他的艺术家帽子，决定出去走走。他记得早在很久以前，自己就发现了绘画不能尽如人意。他只能得到辛苦与失望，而且即使是世界上最出色的画家，也只能描绘出事物肤浅的表面。对于一个追求深度的人来说，当画家终究不适合作为毕生追求的目标。他像前几次一样，认真地思考着是否该遵从早年间的想法，当一名作家算了。那把藤椅被独自留在阁楼里，它很遗憾年轻的主人已经走了。它曾经希望，他们之间可以最终建立起一种恰当的关系。它很想偶尔和他说几句话，它也知道自己本可以教给一个年轻人许多有价值的东西。可惜它现在什么也做不成了。

（1918 年）

奥古斯都

　　蒙斯塔克街上住着一位年轻女人，婚礼后不久，她就在一次意外中失去了她的丈夫。她又穷又伤心，孤独地住在一个小房间里，等待着她那没有父亲的孩子降生。她实在太孤单了，便把所有心思都放在她那尚未出生的孩子身上，她想到的一切美丽、庄严和令人羡慕的事物，都渴望自己的孩子能够拥有。在她看来，一栋镶有圆形镜子、花园里还有一座喷泉的漂亮石屋，对她的孩子来说也不过刚好满意。至于他的未来，他至少要成为一名教授或一位国王才行。

　　这个可怜的女人伊丽莎白隔壁住着一位老人，人们很少看到他出门。他须发斑白、个子矮小，头上戴着一顶缀有流苏的帽子，手里拿着一把绿色的雨伞，伞杆是用鱼骨做成的，像古代的伞一样。孩子们都很怕他，大人们则认为他很少出门是有原因的。人们经常会在很长一段时间里碰不上他，但在傍晚，有时候人们会听到某种美妙的音乐从他那栋破旧的小房子里传出来，好像是许多小巧精致的乐器发出来的声响。孩子们在经过这栋房子时会问他们的母亲，那是精灵还是水妖在唱歌，但母亲们什么也不知道，就说："不，

不，那肯定是个八音盒。"

邻居们都说这位小个子老人宾斯旺格先生，和伊丽莎白之间有一种特殊的友谊。他们从未交谈过，但每当宾斯旺格先生经过伊丽莎白家的窗口时，他都会以最友好的方式向她打招呼；他的女邻居也会走到窗前，向他点头表示感激与见到他的喜悦，两个人都觉得：如果有一天感到痛苦时，我一定会去隔壁家寻求建议。傍晚时分，当天色开始转黑时，伊丽莎白总是独自坐在窗前，哀悼她已故的爱人，或者想着她的孩子。当她迷迷糊糊陷入梦乡时，宾斯旺格先生会打开一扇窗户，让轻柔曼妙、抚慰人心的音乐从他那黑暗的房间里飘出来，就仿佛月亮从云层的缝隙中透出了光亮。他在房子的后窗下插了一些天竺葵老枝，却永远不记得给它们浇水，但它们总是保持着青绿色，开满了花，从来没有一片枯叶，因为伊丽莎白每天清晨都给它们浇水，悉心地照料着它们。

秋日临近，在一个狂风骤雨的晚上，蒙斯塔克街上空无一人，那个可怜的女人意识到自己快要分娩了，感到很害怕，因为她独自一人。夜色渐深，一位老妇人提着灯走进来，她烧开热水，铺好棉布，做好了所有生孩子所必需的准备事项。伊丽莎白静静地躺在那里，任凭她安排。当婴儿出生，在崭新的襁褓里沉入他的第一次睡眠时，她才问老妇人是从哪里来的。

"是宾斯旺格先生让我来的。"老妇人说。然后这个疲惫的女人就陷入了沉睡中。第二天早晨她醒来的时候，给她喝的牛奶已经煮好了，房间里的一切都收拾得干净又整洁。她小小的儿子躺在她旁边哭着，因为他饿了。老妇人已经走了。母亲把儿子抱在胸前，为他的漂亮与强壮感到高兴。她想到亡夫再也无法看见他了，眼里噙满了泪水，想着想着，她不觉抱紧了孩子，又再次露出微笑。然后她又和小男婴一起睡着了。当她醒来的时候，牛奶和汤羹已经煮好了，孩子也换上了新的尿布。

母亲很快就恢复了健康和强韧，可以照顾好自己和孩子了。她给他取名为奥古斯都，这是他父亲的名字。快到傍晚的时候，从邻居家里又传来了甜美的音乐。她走到宾斯旺格先生家，胆怯地敲了敲那扇漆黑的门，听到他和蔼地说："进来吧！"她走进去，音乐戛然而止，房间里有一盏小小的旧台灯，放在一本书前，一切摆设都和其他人家一样。

"我来是为了感谢您，"伊丽莎白说，"因为您派了一位善良的太太来帮助我。等我能干活儿挣钱了，我很愿意给她报酬。但现在我有另一件烦心事。我想给可怜的孩子办一场满月宴，替他找一位能照顾他的养父。但我不认识别人，不知道该找谁做他的养父。"

"是的，我也想到了这一点，"邻居抚摸着斑白的胡须说，"如果他有一位善良且富有的养父来照顾他，那当然很不错。但我也只是一个孤老头，没有几个朋友，没什么好人选，但我可以自己当他的养父。"

可怜的母亲为此感到很高兴，向这位小个子老人表示了感激，然后选择他当孩子的养父。到了满月宴那天，那位老妇人也出现了，给了孩子一塔勒①。看母亲不愿接受，于是老妇人说："收下吧，我老了，我的钱足够我花。也许这一塔勒会给他带来好运。我很高兴能给宾斯旺格先生帮上忙，我们是认识多年的好朋友了。"

伊丽莎白为她的客人们准备了咖啡，宾斯旺格先生带来了一块蛋糕作为礼物。当他们吃饱喝足以后，他们看到孩子早已入睡。这时，宾斯旺格先生谦逊地说："现在我是小奥古斯都的养父了，我很想给他一座皇宫和一袋金币，但我没有这些东西，我只能也给他一塔勒。此外，只要我能为他做的，我都会尽力去做。夫人，你肯定对你的孩子有许多绚丽且美好的祝福。现在请你想一想对他来说最好的事情是什

---

① 塔勒是一种欧洲银币的名称。

么，我会确保它能够实现。你可以为他许下任何一个愿望，但只能许一个，你要好好考虑。当你今天傍晚听到我的八音盒演奏的时候，你只要在孩子的左耳边说出这个愿望，它就能实现。"

说完他很快就告辞了，老妇人也和他一起走了，只剩伊丽莎白独自一人愣在那里，困惑不已，如果那两塔勒没有躺在摇篮里，蛋糕没有摆在桌子上，她会以为这一切都是一场梦。然后她坐在摇篮旁边摇着她的孩子，思考着要许下一个怎样的愿望。一开始她想让他变得富有，然后又希望他或者俊美，或者强健有力，或者机智聪慧……但不管哪个愿望她都不满意，最终她想：唉，这只不过是一个老人的恶作剧罢了。

天黑了下来，她几乎要坐在摇篮旁边睡着了——招待客人的辛苦，以及对许许多多愿望的权衡与忧虑让她精疲力竭。这时，从隔壁的房子里传来了一阵美妙的音乐，轻柔又高贵，一点也不像八音盒发出来的声音。听到音乐，伊丽莎白又清醒过来，现在她又相信邻居宾斯旺格先生和他赠送的礼物了。可她越是努力思考，就越是陷入胡思乱想中，迟迟无法做出决定。她很难过，眼里含满了泪水，此时音乐越来越轻、越来越弱，她觉得如果她现在再不说出自己的愿望，那就太晚了，一切就都完了。

于是她叹了口气，弯下腰来，在儿子的左耳边低声说："我的儿子，我希望……我希望……"当那美妙的音乐几乎停止的时候，她吓得脱口而出："我希望所有人都爱你。"

现在音乐已经完全消失了，黑暗的房间里一片死寂。伊丽莎白伏在摇篮上哭了起来，心里充满了恐惧和担忧，她喊道："唉，儿子啊，我现在已经给你许了我所知道的最好的愿望，尽管这可能不是最适合你的。但就算所有人都爱你，也没有人比你的母亲更爱你。"

奥古斯都像其他孩子一样慢慢长大了。他是一个英俊的金发男孩，有一双明亮又充满勇气的眼睛。他不但深受母亲宠爱，而且不管走到哪里都很受欢迎。伊丽莎白很快就意识到，她在满月宴那天许下的愿望实现了，因为这个孩子才刚学会走路、能走到小巷子里见到其他人的时候，人人都觉得他比大多数孩子英俊、活泼、聪明。每个人都向他伸出手，看着他的眼睛，表示自己对他的喜爱。年轻的母亲对他微笑，年长的妇人给他苹果。要是他做了坏事，也没有人相信是他做的，即使事实确凿，人们也不过耸耸肩说："我们真的没法责怪那个可爱的小男孩呀。"

有一些人注意到了这个漂亮的男孩，来找他的母亲。她以前不认识什么人，只能揽到很少的针线活儿，现在人人知道她是奥古斯都的母亲，给了她许多帮助，这远远超出了她的期望，母子俩的生活渐渐好起来。无论他们走到哪里，附近的人们都很高兴地向他们致意，目送他们的离去。

奥古斯都最美好的时光是在隔壁与养父一起度过的。偶尔养父会在傍晚时叫他来家里，每当那时，天色已暗，只有黑色的壁炉里燃烧着一簇小小的红色火焰。老人把孩子拉到身边，坐在地毯上看着几乎静止不动的火苗，给他讲很多故事。有时当一个长故事结束的时候，孩子有些困倦，在寂静的黑暗中半睁半闭着眼睛望着火焰，然后黑暗中会传来一段甜美的复调音乐①。当他俩静静地听了很久以后，往往会发生这样的事情：整个房间突然出现了许多闪亮的小精灵，他们长着明亮的金色翅膀，一圈一圈地飞来飞去，巧妙地绕过彼此或是成双结对，就像是在跳优美的舞蹈。他们边飞边唱，歌声充满了无限欢愉、明朗的气息。这是奥古斯都见过和听过的最美好的东西，当他后来回想童年的时候，他会想起养父安静黑暗的房间、壁炉里的红色火焰和那些庄严的、金色的、伴随着音乐飞舞的小精灵，这段记忆时常勾起他的思乡

---

① 两个或两个以上独立的旋律同时进行的音乐。

之情。

　　这个男孩逐渐长大了。现在他的母亲偶尔还会回忆起那个许愿之夜，心里仍不免感到悲伤。奥古斯都则每天快乐地在附近的小巷里跑来跑去，他到哪里都很受欢迎，人们给他坚果和梨子，给他蛋糕和玩具，给他吃的喝的，让他坐在自己的膝盖上玩耍，让他在自家花园里采花。他经常很晚才回家，一脸嫌弃地把母亲做的汤推到一边。当她为此伤心哭泣的时候，他只会觉得厌烦，闷闷不乐地爬上自己的小床；当她责备和惩罚他的时候，他就高声大喊，抱怨说所有人都喜欢他，都对他很好，除了他的母亲。因此她经常黯然神伤，有时也对自己的孩子感到非常生气，但当他躺在枕头上睡着了，闪烁的烛光照在他纯真的脸庞上时，她心里所有的悲伤与责备都消失了，她小心翼翼地亲吻着他，生怕吵醒他。所有的人都喜欢奥古斯都，这是她的错，有时她怀着悲痛甚至有些恐惧的心情想，如果当初自己没有许下这个愿望，说不定反而更好一些。

　　有一次，她刚好站在宾斯旺格先生种着天竺葵的窗旁，用一把小剪刀修剪枝条上枯萎的花朵，这时她听到房子的后院里传来自己孩子的声音，就弯下腰偷看。她看到他倚着墙站着，俊朗的面孔略带骄傲，他的面前站着一个比他大一点

的女孩，以恳请的语气看着他说："嗨，你那么可爱，可以和我一起玩吗？"

"我不愿意。"奥古斯都说，把双手插进裤袋里。

"求你了，"她又说道，"我会送给你一些好东西。"

"是什么呢？"男孩问道。

"我有两个苹果。"她害羞地说。

他转过身来，做了个鬼脸。

"我不喜欢苹果。"他轻蔑地说，想要走开。

但女孩拉住他，讨好地说："我还有一枚漂亮的戒指。"

"给我看看！"奥古斯都说。

女孩便给他展示了自己的戒指。他仔细地看了看，然后把戒指从她的手指上扯下来，套到自己的手指上，举起来在阳光下瞧了瞧，发现它很漂亮。

"现在你愿意和我一起玩吗？"她又有了信心，挽住他的手臂亲切地问道。

但他一把推开她，粗暴地喊道："让我安静一会儿！我还要和其他孩子一起玩。"

女孩哭了起来，伤心地离开了后院。奥古斯都却是一脸不耐烦的样子，他旋转着那枚戒指，打量了它一会儿，然后吹着口哨走了。

他的母亲拿着花剪站在那里，为儿子对待他人之爱的冷酷和蔑视而感到震惊。她没有心情再管那些花了，摇着头，不断重复道："他真是坏透了，他根本就没有心。"

过了一会儿，奥古斯都回家了。她打算教育教育他，可他用蓝色的眼睛看着她笑，毫无愧疚之意。然后他开始唱起歌奉承她，在她面前表现出滑稽、可爱又温柔的样子。她又不禁笑了，觉得也没必要把孩子们之间的事情看得那么严重。

这个男孩的恶行也并非完全没有受到过惩罚。养父宾斯旺格先生是他唯一害怕的人，有时候他在傍晚去小屋里找养父，养父会说："今天壁炉里不生火，也不放音乐，小精灵们都很伤心，因为你实在太坏了。"然后他就默默地走出去，躺在床上哭泣，在之后几天里，他会努力表现得乖巧可爱。

但是壁炉里生火的次数越来越少，养父并不会在奥古斯都的眼泪和殷勤面前动容。当他十二岁的时候，养父房间里飞舞的小精灵对他来说已经成为一个遥远的幻梦了。如果哪天他梦到了这个场景，那么第二天他就会加倍放肆，像指挥官一样大声命令他的同伴们到处捣乱。

他的母亲早就听厌了人人赞美她的孩子是多么礼貌和善良，她心里只有对他的担忧。有一天，他的老师来找她，说有人愿意送她的孩子去外地读书，一直到上大学。母亲找邻居商量了一下，讨论是否该接受这一资助。很快，在一个春天的早晨，一辆马车驶来，奥古斯都穿着漂亮的新衣服登上马车，向他的母亲、养父和其他邻居们告别，因为他要去首都学习了。他的母亲最后一次将他的金发理顺，为他祝福，然后马车出发了，载着奥古斯都驶向了一个陌生的世界。

几年之后，年轻的奥古斯都成了一名大学生。他戴着红帽子，留着小胡子，再次回到家中，因为养父写信告诉他，他的母亲身患重病，可能时日无多了。年轻人在傍晚时抵达，他下了马车，车夫帮他把一个大皮箱拎进小屋，人们都羡慕地看着他。垂死的母亲躺在破旧的老屋里，当这位俊美的大学生看到枕头上那张苍白、憔悴的脸时，她只能用沉默的眼神来问候他了。他在床边跪下，哭泣着亲吻母亲冰凉的手。整个晚上他都跪在母亲的床边，直到她双手变得冰冷，目光彻底熄灭。

他们埋葬了奥古斯都的母亲后，宾斯旺格先生拉着他的手臂，和他一起走进了自己的小房子。在这个年轻人看来，这间小屋显得更加低矮和晦暗了。他们在黑暗中坐了很长一段时间，只有小窗透进一些闪烁的微光。那个矮小的老人用瘦削的手指捋了捋斑白的胡须，对奥古斯都说："我想在壁炉里生火，这样我们就不需要点灯了。我知道你明天就得赶回去，而且，既然你的母亲已经不在了，短时间内我们也不会再相见了。"

说完这句话，他在壁炉里点燃了一小簇火，把自己的椅子挪近了一些。奥古斯都也挪了挪椅子。他们坐了很长时间，看着燃烧的木头逐渐熄灭，直到火星越来越少。老人轻柔地说："再见，奥古斯都，我祝你一切顺利。你有一位非常出色的母亲，她为你所做的比你知道的还要多。我很想再次为你奏乐，让你看看那些被祝福的小精灵，但你知道这已经不可能了。你不应该忘记他们，你应该知道他们还在歌唱，如果你怀着一颗充满孤独与渴望的心祈求着他们，也许还会再次听到他们的歌声。现在让我们握手告别吧，我老了，得去睡觉了。"

奥古斯都握了握他的手，什么也说不出来。他悲伤地走进隔壁那栋荒凉的小房子，最后一次躺在老屋里睡觉。睡着之前，他仿佛听到隔壁传来了童年时期反复听过的优美、轻柔而甜蜜的音乐。第二天早晨他离开了，人们很久很久都没有再听到过他的音讯。

很快，他就忘记了养父宾斯旺格先生和他的小精灵们。他的生活充满了浮华与喧嚣，他一次次地走向冒险。没人能像他那样骑马穿过嘈杂的小巷，用嘲弄的目光打量那些注视着他的少女；没人能像他那样轻盈地跳舞，优雅地驾驶马车，在夏夜的花园里大声喧闹，大摆宴席。

后来，他在巴黎交到了新朋友，厌倦了过去的生活，也不想继续求学，因此他留在了遥远的国度，过起了上流社会的生活。他拥有许多骏马和猎犬，大肆挥霍金钱，不管去哪里都有人追随他，愿意把自己的一切献给他。他微笑着接受这一切，就像小时候接受那个女孩的戒指一样。他的眼睛和嘴唇仿佛有魔力，朋友们蜂拥到他身边，但没有人看到——他自己也几乎感觉不到——他的内心已经变得多么空虚和贪婪，他的灵魂已经生了重病，饱受折磨。有时他也会因为受到所有人的喜爱而感到厌倦，于是乔装打扮，独自去往陌生的城市。但他发现，不管哪里的人都很愚蠢，他们的喜爱都很容易赢得。所有地方的人对他的爱都令他感到荒诞，因为他们都热切地追随着他，又非常容易满足。他经常对别人心生厌恶，一连几天只和自己的猎犬独处，或是去风景秀丽的山里狩猎。对他来说，偷偷接近并射中一头鹿更加令他快乐。

有一次，他在海上旅行时遇到了一位年轻的公使夫人，她是一位来自北方国家的贵族，面目冷峻、身材修长，站在

众多贵族男女中间显得格外出众。她那骄傲又沉默的样子，好像没人能配得上她。当他观察她的时候，她的目光只是短暂而冷漠地掠过了他，于是他便打定主意要赢得她的爱。从那天起，他每时每刻都待在她身边，出现在她的视线里。因为他自己总是被崇拜者包围着，所以他与这位美丽又严肃的女士站在这群游客中间时，就像是国王和王后一样，就连这位金发美人的丈夫也觉得他很特别，努力地想要讨好他。

他一直没有机会和这位外国女士单独待在一起，直到船开到一个南部港口，所有的旅客都下了船，打算在这个异乡城市里转悠几个小时，让双脚好好感受一下踩在地面上的感觉。他一直紧跟着心上人，终于在一个色彩缤纷、熙熙攘攘的广场集市上成功地拦住她。无数条昏暗的小巷在这个广场汇集，他带着她走进其中一条小巷。他容光焕发地转过身，握住她犹豫的手，恳求她留在这个国家，和他一起远走高飞。

这位外国女士的脸色霎时变得苍白，眼睛一直盯着地面。"这可算不得什么骑士精神，"她轻声说，"快忘了您对我说过的话吧！"

"我不是骑士，"奥古斯都喊道，"我是一个普通人。美丽的你啊，跟我走吧，我们会很幸福的。"

她用淡蓝色的眼睛认真又严肃地看着他。"我千百次思考过，但我还是更想和我的丈夫在一起，他是一个骑士，充满荣誉感和高贵感，这些东西您都不懂。现在您不要再和我说话了，请您把我带回船上，否则我就要向陌生人寻求帮助，以防您肆意妄为。"

无论他怎样乞求，都无济于事。她背转过身去，独自离开了。于是，他只好默默地跟在后面，陪着她上了船。然后，他让人把自己的手提箱拎上岸，没有同任何人道别就走了。

从那时起，这个备受宠爱的人就受到了打击。他开始憎恨美德和荣誉，将这些品质践踏在脚下。他尝试并创造了所有的享乐方式，学会了所有的恶习然后又抛弃它们。但他的心里不再有快乐，从四面八方滚滚而来的爱，也无法在他的灵魂里激起任何回响。

在一座美丽的海滨别墅里，他过着阴郁而痛苦的生活，以疯狂和恶意折磨那些来拜访他的朋友。他渴望羞辱他们，蔑视他们所有人；他厌倦了被这种过度的、不曾祈求的、不曾梦想的、不配得到的爱所包围，感到自己的生活已经虚度，已经被摧毁，毫无价值，从来没有奉献，永远只是索取。有时他会饿自己一段时间，体验一下什么是渴望的感觉，以及如何克制自己内心的欲望。

　　朋友们之间开始流传他生了病、需要独自静养的消息。
很多人写来信件，但他一封也没有阅读，关心他的人只能向
仆人询问他的情况。他独自坐在临海的客厅里，感到深深的
苦闷。他过往的人生空洞又荒芜，没有留下一丝爱的痕迹，
就仿佛一团涌动的灰色咸潮。他蜷缩在高高的落地窗前的椅
子上，评判着自己，样子看起来丑陋不堪。白色的海鸥在海
滩上乘风掠过，他用空洞的眼睛目送它们，眼中没有一丝快

乐和关心。当他停止思考，摇铃唤来仆人时，他的双唇露出了一抹冷酷而又邪恶的微笑。他让仆人邀请所有的朋友都在某一天来参加宴会，但他的真实目的是用一栋空空的别墅和已经不在人世的自己吓唬和嘲笑这些宾客，因为他已决意自尽。

到了那天傍晚，在刻意安排的宴会开始之前，他把所有的仆人都派了出去，大客厅里完全安静了下来。他走进卧室，在一杯塞浦路斯葡萄酒中掺入剧毒，然后把酒杯举到唇边。

当他正要喝下这杯酒的时候，有人敲门。他没有理会，门却自己开了，一个矮小的老人走了进来。他走到奥古斯都面前，从他手中小心翼翼地接过盈满的杯子，用他曾非常熟悉的声音说："晚上好，奥古斯都，你好吗？"

他感到惊讶，又愤怒又羞愧，露出嘲弄的微笑说："宾斯旺格先生，您还在世？已经过了这么久，但您好像一点也没有变老。但现在您来得不是时候，亲爱的先生，我累了，我只想喝一点安眠酒。"

"我看出来了，"养父平静地回答，"你想喝一点安眠酒，你说得对，这是最后一杯能够帮助你的酒了。但在这之前我们先聊一会儿，我的孩子，我年纪这么大了，喝一小口酒提提神，你肯定也不会生气。"

说完他拿起杯子放到嘴边，奥古斯都还来不及制止他，他就举起杯子一饮而尽。

奥古斯都的脸色一片惨白。他拼命摇着养父的肩膀喊道："老先生，您可知道您喝了什么？"

宾斯旺格先生点了点自己白发苍苍又聪明无比的脑袋，露出了微笑："我觉得是塞浦路斯葡萄酒，味道还不错。看来你的日子过得还可以嘛。我时间不多，也不会打扰你太久，如果你还愿意听我说几句的话。"

奥古斯都惊恐地盯着养父那双明亮的眼睛，分分秒秒都在担心他会倒地不起。

养父舒服地坐在椅子上，亲切地向他的年轻朋友点了点头。

"你担心这酒会伤害我？放心吧！你还会关心我，这真是太好了，我甚至没有指望你会这样做。现在让我们像过去一样谈谈吧！你已经受够了这种轻浮的生活，对吗？我可以理解，我走以后，你可以把杯子再次装满，然后喝下去。但在这之前我要告诉你一件事情。"

奥古斯都倚在墙上，听着这位老迈的人那和善又动听的声音，这是他从小就熟悉的声音，唤醒了他灵魂里有关过去的记忆。他在那双眼睛里看到了自己纯真的童年，一种深深的羞耻和悲伤攫住了他。

"我喝了你的毒药，"老人继续说道，"因为我要为你的痛苦负责。你的母亲曾经为你许了一个愿望，而我帮她实现了，尽管这个愿望很愚蠢。你已经不需要知道是什么愿望了，它已经变成了一个诅咒，你自己也有所感悟吧。我很抱歉发生了这样的事情，如果你还能来到我家里，再次坐在壁炉前聆听那些小精灵的歌声，我会很开心的。但这并不容易，因为眼下你可能觉得你的内心再也无法恢复纯洁和快乐了。但这其实是可以办到的，我想请你试一试。你可怜的母亲为你许了个坏愿望，奥古斯都。如果现在我可以再满足你的一个愿望呢？你肯定不会渴望金钱和财产，也不会想要权力和偏爱，这些东西你已经拥有得够多了。好好想想，如果有什么愿望能够让你堕落的生活再次变得美好，让你再次变得快乐，你就向我许愿吧！"

奥古斯都坐在那里默默沉思，但他太疲惫、太绝望了，所以过了一段时间后，他说："谢谢您，但我的生活已经没法再理顺了。我还是继续我的计划吧，这样也许更好。但我还是感谢您特意来一趟。"

"也是，"老人若有所思地说，"我可以想象这对你来说并不容易。但你不妨再想一想，奥古斯都，也许你能想起迄今为止你最想要的是什么。或者，也许你能回想起小时候，那时候你母亲还在世，傍晚时分，你有时会到我家来。那时候你还是很幸福的，不是吗？"

"是啊，那时候是很幸福。"奥古斯都点了点头，早年闪闪发光的记忆在他看来已经变得遥远和苍白，就像是在照一面古镜，"但这些不会再回来了。我不能许愿再变回孩子，那样就要从头开始，再来一遍了！"

"不，变回孩子没有意义，你说得对。但是，想想你在家的时候，想想你曾经感到快乐，觉得生活无比美好和珍贵的所有瞬间。也许你能意识到那时候是什么给你带来了快乐，然后就可以许愿了。看在我的面上，试试吧，我的孩子！"

奥古斯都闭上眼睛，开始回顾自己以往的人生。他仿佛置身于一条黑暗的通道，想要看清一个遥远的光点，那是他来时的路。他看到它曾经是多么明亮和美丽，然后慢慢地变得越来越暗，直到他完全陷入黑暗中，从此再也没有什么事情能让他快乐了。他不断地思考着、追忆着，远处那小小的亮光变得越来越美丽、越来越可爱、越来越令人渴望，最终他认出了它，泪水涌出了他的眼眶。

"我愿意试试，"他对自己的养父说，"请把过去施加在我身上的无用魔咒解除吧，赐给我爱别人的能力。"

他哭泣着跪倒在老朋友面前，刚一跪下就感觉到心中燃起了对这位老人的爱，费力思索着要用怎样的语言和表情来表达它。矮小的养父轻轻地挽住他的手臂，把他扶到了床上，让他躺下，梳理着他滚烫前额上的头发。

"没事了，"养父轻声对他说，"没事了，我的孩子，一切都会好起来的。"

奥古斯都感受到了一阵极强的倦意，好像在一瞬间老了许多岁。他陷入了沉睡中，老人则悄悄地走出了那间寂静的屋子。

忽然，奥古斯都被客厅里传来的激烈的喧哗声吵醒了。他起身打开房门，发现客厅和所有的房间里都挤满了他以前的朋友，他们是来赴宴的，却发现房子里空空荡荡，一个个又生气又失望。他像往常一样微笑着，试图说些俏皮话来重获他们的欢心，但他突然发现自己身上的魔力已经消失。他们一看到他，就开始同时对着他大喊大叫，当他无助地露出微笑，防卫性地伸出手的时候，他们都愤怒地向他扑过来。

"你这个骗子，"有一个人喊道，"你欠我的钱呢？"另一个人喊道："还有我借给你的马呢？"一个漂亮的女人愤怒地说："全世界都知道了我的秘密，都是你说出去的。我真恨你啊!"一个眼窝深陷、面孔扭曲的年轻人叫道:"你知道你把我折磨成什么样了吗? 你这个坏蛋!"

就这样,每个人都对他骂不绝口,每个人都说得有理,很多人甚至还动手打他。他们走的时候,打碎了所有的镜子,还带走了许多贵重物品。奥古斯都从地上爬起来,遍体鳞伤,受尽侮辱。他走进卧室照镜子,打算洗把脸,镜子里的他,脸看起来憔悴又丑陋,通红的眼睛流着泪,额头上滴着血。

"这是报应。"他自言自语,洗去了脸上的血。他还没来得及停下来思考,屋子里又响起了喧闹声,另一群人闯进了房间:他抵押房产的放债人、因为儿子被他教坏而陷入痛苦的父亲、被他解雇的男仆和女佣,还有些警察和律师。一个小时后,他被绑上囚车,送往监狱。人们跟在囚车后面,高声唱着嘲弄他的歌。

他的丑闻传遍了这座城市,许多人都认识他,也爱过他。他受到了多项指控,而他一项也没有否认。他早已忘记的人站在法官面前,讲述他多年前的劣行;收过他礼物也偷过他东西的仆人讲述他暗地里的肮脏。每个人的脸上都充满了厌恶与仇恨,没有人为他说话,没有人赞扬他,没有人原谅他,也没有人记得他做过什么好事。

这一切他都没有反抗，任人把他关进牢房，又任人把他带出牢房，押送到法官和证人的面前。他怀着惊奇与悲伤，用无神的眼睛注视许多愤怒、发狂、充满仇恨的面孔，他在每一张脸上，在仇恨和决绝的外皮下都看到了一种隐秘的爱和心灵的光辉。所有这些人都爱过他，但他却一个都不曾爱过，现在他向大家赔罪，努力回忆着他们曾经对自己施与的善意。

最后他被关进了监狱，任何人都不被允许前去探望。他发起了高烧，在梦呓中与他的母亲、他的养父宾斯旺格先生以及船上那位来自北方的女士都说了话。然而醒来后，他却只能孑然枯坐，忍受着渴望和孤独的折磨。他渴望再次看到人们，这种急切的心理，远远超过过去对某些享受或财富的渴望。

当他出狱的时候，他已经疾病缠身、衰老不堪，再也没有人认识他了。世界运转如常，人们在街上驾着车或骑着马行进，到处都在出售水果、鲜花、玩具和报纸，只是没有人再注意到奥古斯都。他曾经听着音乐，喝着香槟，高朋满座，现在人们驾驶着豪华马车从他身边驶过，扬起的尘土扑了他满头满身。

但过去辉煌的生活中令他几乎窒息的那种可怕的空虚

与孤独却完全消失了。当他走进一扇大门，想要躲避刺眼的阳光的时候，或者当他走进一座房屋的后院，请求喝点水的时候，主人的态度往往十分粗暴，充满了敌意。这令他惊讶不已，他也曾用骄傲和刺耳的话回答过他们，但那时候他们都充满感激，报以热情洋溢的目光。但他现在很喜欢看到这些人，他能捕捉到他们真实的想法与情绪，这让他欣喜、感动。他喜欢看孩子们玩耍，目送他们去上学，他爱那些坐在房前长凳上、摊开干枯的双手晒太阳的老人。每当他看到一

个下班回家的工人抱起自己的孩子，或者是一位聪明文雅的
医生迅速驾着马车去给人看病，心里担忧着对方的病情，又
或者是一位衣衫褴褛的乡下穷女孩傍晚站在郊区的灯柱下，
对像他这样被社会唾弃的人也表示善意，他就意识到他们都
是他的兄弟姐妹，每个人心里都怀念着亲爱的母亲和美好的
童年，或者追求着更美好、更崇高的人生目标。他爱每一个
人，他们都很可爱，很独特。这引发了他的思考，他觉得人
人都比自己好。

奥古斯都决定漫游世界，寻找一个他可以向别人表达
爱的地方。他首先要接受一个事实，那就是自己的外貌已经
不再令人喜爱了：他的脸颊塌陷了，衣服和鞋子是从乞丐那
里得来的，声音和步态也失去了过去让人们欣喜和着迷的魅
力。孩子们害怕他，因为他留着长长的、乱蓬蓬的花白胡
子；衣着整齐的人不想靠近他，因为他浑身脏兮兮的，让他
们觉得很不舒服；穷人们也怀疑他，担心他这个外地人想要
抢走他们已经不多的口粮。因此他很难为人们服务。但他还
是努力地学习如何帮助别人，并没有感到气馁。他看到一个
小孩伸手去够面包店的门把手，却怎么也够不到，于是赶忙
上前帮忙。有时他会遇到比自己还要穷苦可怜的人，例如盲
人或腿脚不便的人，他就搀着他们走一段路，尽自己所能给

他们一点宽慰。如果实在帮不上忙，他就送上自己仅有的一点东西：一个明亮而善意的眼神，一句兄弟般亲切的问候，一个表示理解与同情的表情或手势。他学会了观察别人，知道他们对自己有何期望，以及怎么做会让他们高兴：有的人需要响亮的、振奋人心的问候；有的人需要平静的、能够安抚内心的目光；还有的人需要清静，不想被人打扰。他每天都感到很惊讶：世界上竟然有如此多的苦难，但人们依然能感受到快乐和满足。痛苦的背后总有欢笑声，丧钟响起的同时也会飘来孩子的歌声，即使身陷困境，也能从中找到一份善良、一声安慰和一丝微笑。

他觉得人类的生活被安排得很妙。当他转过街角的时候，一群学生从他对面蹦跳着跑过来，每个人的眼睛里都闪闪发光，透露着勇气、对生活的热爱和青春的美丽。如果他们嘲笑或捉弄一下他，也没什么大不了的，这甚至是可以理解的：当他在商店橱窗前或水井边看见自己影子的时候，他发现自己是如此憔悴和老朽。但他毫不在意，让别人迷恋自己这种事，他过去已经经历得够多了。对于他来说，观察其他人的奋斗之路、体会他们的感受，是一件美好的事情，令他振奋不已。所有人都如此满怀热忱、竭尽全力地追求自己的目标，在追求当中充满了自豪感，又收获了巨大的快乐，

188

这些对他而言就像是一场精彩的表演。

冬去春来，夏天又到了，奥古斯都病倒了，在一家贫民医院里躺了很久，平静而感激地享受着对穷人的观察。他看到这些人以百倍的坚韧维持生命、战胜死亡，便为自己能见证奇迹而感到幸运。他在重病患者的脸上看到了毅力，在正在痊愈的人眼中看到了生之乐趣，这些都太美好了。同样美好的是死者庄严的面庞，而比这一切都美好的是护士的博爱与耐心。

但这段日子也要结束了，当秋风吹起时，奥古斯都继续漫游，准备迎接冬天。他发觉自己前进的速度相当缓慢，一种奇怪的急躁涌上了他的心头，因为他还没有走遍世界，还想去许多地方，凝视许多人的眼睛。但他的头发已经灰白，眼睛在泛红的、染了病的眼睑后面露出愚蠢的笑意；他的记忆也渐渐变得模糊，仿佛这个世界一直是今天见到的样子。但他很满足，觉得这个世界很美丽，值得被爱。

当冬日降临的时候，他来到了某座城市。大雪在黑暗的街道上飘飞，几个晚归的顽皮孩子向这个流浪者抛来雪球，除此以外一切都保持着黄昏的静谧。奥古斯都疲惫不堪，他走进一条似曾相识的窄巷，接着又拐进另一条巷子，他看到母亲的房子和养父宾斯旺格先生的房子伫立在寒冷的雪地

里，又矮小又老旧。养父的房间有一扇窗户闪烁着红光，在冬夜里显得格外温暖。

奥古斯都走过去，敲了敲房门，那个矮小的老人出来迎接他，默默地把他领进了房间。房间里温暖又安静，壁炉里燃烧着一小簇明亮的火苗。

"你饿吗？"养父问道。奥古斯都并不饿，他微笑着摇了摇头。

"那你一定累了吧？"养父再次问道。他把旧地毯铺在地板上，两个老人蜷缩在一起，盯着火焰。

"你走了很长一段路。"养父说。

"嗯，一路上很好，我只是有点累了。今晚可以睡在您家吗？我想明天再赶路。"

"可以，当然可以。你想再看看精灵跳舞吗？"

"精灵？哦，我当然想，如果我能回到小时候的话。"

"我们已经很久没见面了，"养父说道，"你变帅气了，你的眼睛又像很久以前你母亲还在世时一样善良和温柔了。你能来看望我真是太好了。"

衣衫褴褛的流浪者筋疲力尽地坐在养父的身边。他从未如此疲惫过，屋子里的暖意和火光令他感到困惑，以至于他在恍惚中分不清回忆与现实。

"唉，"他说，"我又做了不好的事情，母亲在家里哭了。您去和她谈谈吧，告诉她我以后会好好表现的。您会去吧？"

"我会的。"养父说，"放心吧，她一直都爱着你。"

火光渐渐变得微弱，奥古斯都像很小的时候一样，睁大困倦的眼睛盯着微弱的红光。养父让他把头靠在自己的膝盖上，一首优美、欢快的曲子在黑暗中响起，上千个闪闪发光的小精灵扇着翅膀飞出来，彼此缠绕或成双结对，快乐地在空中盘旋着。奥古斯都看着、听着，童年的记忆在这失而复得的景象里悉数展开。

他突然听到母亲在呼唤自己，但他实在太累了，何况养父已经答应去和她谈谈。当他陷入深眠的时候，养父把他的双手叠好，聆听着他逐渐变缓的心跳声，直到整个房间彻底没入黑暗中。

（1913 年）

欧洲人

　　神灵终于发了大洪水，结束了以这场世界大战 ① 告终的尘世生活。洪水怀着悲悯洗去了曾经玷污过这颗衰老星球的一切：染着鲜血的雪原、炮火密布的群山、哭泣的人，还有那些愤怒的、凶残的、贫困的、饥饿的和精神错乱的人。

　　蔚蓝的天空友善地俯视着光秃秃的地球。

　　欧洲的科技直到最后都熠熠生辉。几个星期以来，欧洲一直谨慎而强韧地对抗缓慢上涨的水流。起先是建造巨大的水坝，数百万名战俘夜以继日地在那里工作；然后是建造高台，那些高台以神话般的速度拔地而起，一开始看起来像巨大的露台，但后面越来越像塔楼。人类的英雄主义在这些塔楼上坚持到了最后一天，忠诚得感人。当欧洲和世界其他地方都陷落和沉没的时候，在最后仅剩的几座铁塔上，探照灯一如既往发射出的明亮、稳定的光束，穿透了下沉的大地上潮湿的暮色。炮台来回抛掷着榴弹，划出一道道优美的弧线。在末日到来的前两天，一些中等国家的领导人决定通过

---

① 这里指第一次世界大战。

灯光信号向敌人求和。但敌人要求他们立即拆除现在依然平稳伫立的几座塔楼，对于这样的条件，即使是最坚定的和平主义者也不能认同。因此，英勇的炮击一直持续到最后一刻。

现在整个世界都被淹没了，唯一幸存的欧洲人在洪水中抓到了一只救生圈。他用最后的力气记录下最后几天发生的

事情，这样以后的人类就会知道，是他代表自己的祖国在最后几位敌人死去后还幸存了几个小时，永远地握住了象征胜利的金棕榈叶。

这时，灰暗的地平线上出现了一个黑色的庞然大物，缓慢地靠近这个筋疲力尽的人。他开心地看到，那是一艘巨大的方舟。在晕过去之前，他还看到了年老的族长站在甲板上，长长的银色胡须在风中飘扬。一个身形庞大的黑人把这个漂在海里的欧洲人捞了上来，他还没有死，很快就苏醒过来。族长友善地对他微笑着。他的任务总算是完成了，地球上所有生灵的各门各类，他都救下了一个样本。

当方舟从容地随风漂流，等待浑浊的洪水退去时，五彩斑斓的生活正在船上展开。大鱼密密麻麻地结成队，跟在方舟后遨游，五颜六色、如梦似幻的鸟儿和昆虫涌现在敞开的船顶上。每一种动物和每一个人都发自内心地感到喜悦，因为他们被拯救下来，获得了新生。绚丽的孔雀每天早晨在水面上发出尖厉、明快的叫声；快乐的公象笑着举起鼻子给自己和它的夫人冲凉；蜥蜴坐在阳光灿烂的船梁上，身体闪着光芒；印第安人迅捷地用长矛从无尽的洪水中叉出闪亮的鱼；黑人在灶前钻干木头取火，成功后开心地抱起了自己的胖妻子，在她的大腿上有节奏地拍打着；印度土著瘦骨嶙峋，双臂交叉站在那里，低声吟诵着古老的颂歌；因纽特人躺在阳光下，汗流浃背，小眼睛流露出微笑，一只好脾气的貘在他身上嗅来嗅去；矮小的日本人给自己雕了一根小木棍，他一会儿小心翼翼地试图让它在自己的鼻子上保持平衡，一会儿又把它放在自己的下巴上；欧洲人则拿起他的纸笔，忙着为这里的生灵列一个清单。

团体和友谊开始建立起来，偶尔有了争吵，也会被族长用目光制止。大家都乐于交往，到处都充满了欢乐，只有欧洲人在忙于写作。

这些千奇百怪的人和动物想出了一种新的游戏：大家各自展示自己的能力和技艺，一决高下。谁都想拿第一，所以不得不由族长本人亲自上阵、制定规则。他将大型动物和小型动物分别归类，又将人类单独分组，每个人和每种动物都必须上报自己认为最光彩四射的本领，然后一个接一个地来比赛。

这场精彩的比赛持续了好几天，因为经常有一些竞赛小组中断自己的比赛，跑去看其他组的比赛。每一种绝妙的技艺都得到了响亮的掌声。多少令人赞叹的本领可以欣赏啊！所有的生灵都在展示他们隐藏的天赋！生命的活力喷涌而出！所有人和动物都拍手跺脚、嘶鸣嚎叫、纵情大笑！

鼬鼠跑得极快，云雀的歌声仿佛具有魔力，骄傲的火鸡走路的样子华丽无比，松鼠爬树的速度快得令人难以置信。山魈模仿马来人，狒狒模仿山魈。会跑的、会爬的、会游泳的、会飞的，不知疲倦地互相竞赛着，每一位在自己擅长的领域内都无法被超越，充分展现了自己的实力。有的动物会变戏法，有的动物能让自己隐形，有的动物力气很大，有的动物足智多谋，有的动物攻击力强，有的动物擅长防守。有的昆虫可以让自己看起来像草、像木头、像苔藓、像岩石，从而保护自己；还有其他一些弱小的动物，遇到攻击时会排放出可怕的气味来自保，逼得大笑的观众纷纷逃离，也获得了喝彩。总之，没有什么动物落在后面，也没有什么动物毫无天赋。小鸟筑巢需要经过编织、粘连、堆砌；猛禽可以从令人咂舌的高空认出极其微小的东西。

人类的技艺也令人惊讶。大个子黑人可以毫不费力地在高处的横梁上奔跑；马来人三两下就用棕榈叶做成了一支船桨，然后坐在一块小木板上，划桨掌舵、操纵方向，这场表演非常值得一看；印第安人用轻盈的箭射中了极小的目标，他的妻子会用两种树皮编织软垫，引起了极大的轰动；印度土著表演了几套魔术，所有人都惊讶得目瞪口呆；中国人则展示了如何通过勤勉的工作把小麦的产量提高三倍：把长得

较差的幼苗拔出来，种到两畦之间。

欧洲人不受欢迎的程度出人意料，他已经几次引起了人类同伴的不满，因为他总是以严厉和轻蔑的态度挑剔其他人的表演。当印第安人射下飞鸟的时候，这个白人就耸耸肩，声称只要二十克炸药就可以射出三倍的高度！当大家要求他展示一次的时候，他却做不到，还振振有词地说如果他有这个、那个再加其他十样东西的话，他就可以展示出来了。他也嘲笑那个中国人，说这种对幼苗进行移栽的方法肯定需要非常勤奋才行，但这种苦力劳动不能给一个民族带来幸福。中国人反驳道，一个有食物吃、有神灵敬拜的民族就是幸福的。这一回答得到了全场喝彩，但欧洲人却对这一点也要加以嘲笑。

快乐的竞赛继续进行，最后所有动物和人类都展示了他们的天赋与技能。大家都对彼此留下了深刻的印象，其乐融融，就连族长也从白胡须后面爆发出大笑，说现在洪水可以退了①，地球上可以开始新的生活了，因为神灵衣服上的每一根彩丝都还在，要在地球上建立起无穷无尽的幸福的话，什么也不缺。

只有欧洲人还没有展露什么本领，现在大家都强烈要求他走上前进行展示，看看他是否有资格和大家一样，可以呼吸着甜美的空气，继续乘坐族长的方舟。

欧洲人不断拒绝、反复推辞。但现在族长亲自把手指放在他的胸前，劝告他照做。

"其实，"这个白皮肤男人开口说道，"我也有一种非常实用且经过良好训练的技能。我胜过其他生物的不是眼力、听力、嗅觉和动手能力，也不是其他诸如此类的能力。我的天赋是更高级的艺术 —— 智力。"

"展示一下！"黑人喊道，所有人都挤到他前面来。

"这个没什么可展示的，"他温和地说道，"你们没有完全理解我的话。我的优点在于脑力。"

黑人开怀地笑了，露出雪白的牙齿；印度土著薄薄的嘴唇嘲讽地噘了起来；中国人露出了机敏的微笑，然后走上前去。

---

① 这里的隐含信息是，族长是神灵的使者，负责拯救地球上各门各类的生灵，待他们各自展示了天赋与技能后，将情况上报给神灵，这样神灵就会让洪水退下。

"脑力?"他慢慢说道,"那么就请向我们展示你的脑力吧。到目前为止我们还没有看到它。"

"没有什么可展示的,"欧洲人低声拒绝,"我的天赋和独特之处在于:我可以将外部世界的图像储存在我的脑海里,然后单单靠这些图像为自己创造出新的图像与秩序。我可以通过我的大脑思考整个世界,也就是重新创造整个世界。"

族长用手遮住了眼睛——他一点也看不下去了。

"恕我冒昧,"他慢悠悠地说,"这样做有什么好处?重新创造已经被创造出来的世界,而且只是为了你一个人,只是在你小小的头脑里,这有什么用呢?"

所有人都高喊着赞同,纷纷提出问题。

"等等,"欧洲人喊道,"你们没有理解我的话。脑力活动没法像任何手艺那样轻松地展示出来。"

印度土著露出了微笑。

"不难,老兄,还是可以的。给我们展示一些脑力活动吧,比如算数。我们来比一比算数!听好啦:一对夫妇有三个孩子,每个孩子都组建了自己的家庭。每对年轻夫妇每年都生一个孩子。那么,要过多少年,这个大家庭的人口数才能达到一百呢?"

所有人都好奇地听着，然后瞪着眼睛、掰着手指开始计数。欧洲人也开始计算。但片刻之后，中国人就宣布自己得出了答案。

"非常漂亮，"欧洲人表示认可，"但这只是技巧问题。我的脑力不是用在这些小伎俩上的，而是要解决涉及人类幸福的重大问题。"

"哦，这个我喜欢，"族长表示鼓励，"得到幸福确实比所有其他的技艺都重要。你说得对。那么快点告诉我们，你有什么办法可以帮助人类获得幸福，只要你说得出来，我们都会感激你的。"

所有人都屏住呼吸，一动不动地凝视着这个欧洲人的双唇。关键时刻到了。他将向我们展示人类的幸福之所在，应当向他致敬！如果先前说了恶语，还请他原谅，他可是真正的魔法师啊！既然他知道这样的事情，哪里还需要眼睛、耳朵和双手的天赋和技能呢？哪里还用得着勤奋和心算呢？

此前一直面带倨傲的欧洲人，在这群充满敬畏和好奇的人面前渐渐感到尴尬。

"这不是我的错！"他迟疑地说道，"但你们总是误解我的意思！我不是说我知道幸福的秘密。我只是说，我的脑力会处理一些问题，解决这些问题会给人类带来幸福。通往幸福的路很漫长，我和你们都不会看到它的终点，世世代代的人们都需要思考这些难题！"

大家都犹豫不决地站在那里，心里充满了怀疑：这个人在说什么？就连族长也别过脸去，皱起了眉头。

印度土著对中国人露出了微笑，当其他人都陷入尴尬的沉默时，中国人友善地说道："亲爱的兄弟们，这个欧洲人是个爱开玩笑的家伙。他想告诉我们，他在头脑里进行一项工作，我们曾孙的曾孙也许有一天会看到它的成果，也有可能连他们也看不到。我建议我们姑且承认他是搞笑专家。他说了一些我们都无法理解的事情，但我们都知道，如果我们真的理解的话，我们就会大笑不止。你们难道不也正是这么想的吗？那好，一起向我们的搞笑专家致敬吧！"

大多数人表示同意，很高兴看到这个黑暗的故事终于有了结论①。但有一些人很不高兴，难以控制自己的不满。欧洲人则孤零零地站在那里，没有人来和他讲话。

傍晚，黑人、因纽特人、印第安人和马来人一起来找族长。黑人说道："尊敬的族长，我们有一个问题想问您。这个欧洲人今天取笑了我们，我们都很不喜欢他。我求您考虑一

① 这里指的是，欧洲人得到了"搞笑专家"的称号后，方舟上所有的生灵就都能被证明是有天赋和技能的。这样，神灵才会让洪水退下。

下，所有的人和动物——每一只熊和每一只跳蚤，每一只山鸡和每一只蜣螂，以及我们人类——都有可以展示的东西，我们以此保护、提升或美化我们的生活。我们看到了很多奇异的天赋，也看到了不少让人捧腹的技艺，即便是一只微不足道的动物，也为我们带来了愉悦和美丽。唯一的例外就是这个肤色苍白的人，他没有特殊的天赋，只会说一些莫名其妙的话。至于那些话，没有人能听得懂，也不能给我们带来任何欢乐。因此我们想问您，亲爱的族长，让这样的人参与进来，和我们一起在可爱的地球上建设新生活，真的是正确的吗？这难道不会带来灾难吗？您看看他！他的眼睛如此浑浊，他的额头布满皱纹，他的双手苍白无力，他的脸孔看起来邪恶又悲伤，他的声音又哑又恶毒！确实，他不太对劲。只有神灵知道，是谁把这个家伙送到我们的方舟上的！"

白发苍苍的族长抬起了明亮的眼睛，注视着几个提问的人。

"孩子们，"他轻柔而充满善意地说道，他们的表情立刻就放松了下来，"亲爱的孩子们！你们说得对，但也不对！而且在你们发问之前，神灵就已经给出了答案。我必须赞同你们的看法，这个来自征战国度的人不是什么令人愉快的客人，也很难看出他留在船上有什么必要，但神灵现在肯定知道他为什么是这个样子。你们要宽恕这些人，他们的确再一次腐蚀了我们可怜的地球，让我们遭到了惩罚；但你们看，神灵已经给出了迹象，表明了他的看法。你们所有人，即将与你们的妻子一起开启在地球上的新生活。你有你的黑人妻子，你有你的印第安妻子，你有你的因纽特妻子，只有这个来自欧洲的男人孤身一人。我曾为此伤心了很久，但现在我想我明白了这里面的含义。这个人在我们这里将永远作为一种警诫与鞭策，或许他就是一个幽灵。他无法开枝散叶，除非他再次投奔到由不同人种组成的五彩缤纷的洪流中。他不会腐蚀你们在新地球上的生活，放心吧！"

夜幕降临，第二天早晨，在东方，圣山小小的山尖从水面上升起。

（1918 年）

帝国

这是一个辽阔、美丽却不那么富有的国家，这个国家的居民非常善良、谦逊和英勇，并且对自己的命运甘之如饴。他们没有很多的财富，生活条件不够优越，言行举止不是那么优雅，穿着打扮也谈不上华丽，因此，相对富裕的邻国时不时就对这个辽阔国家的谦逊居民报以嘲笑或带有嘲讽意味的同情。

但在这个默默无闻的国家里，有一些无法用金钱买到的珍贵东西得到了蓬勃的发展。所以，这个贫穷的国家虽然势单力薄，却还是因此逐渐获得了荣誉与重视。这些繁荣发展的东西便是音乐、诗歌和思想。没有人会要求一位大智者或大诗人必须生活富裕、举止优雅、善于交际，反而会尊重他们原来的样子，那些声势显赫的强国也是这样看待这个独特的穷国的。对于它的穷匮和在国际交往中的笨拙表现，强国的民众不过是耸耸肩膀，一笑置之，但他们喜欢谈论这个国家的思想家、诗人和音乐家，并且真心叹服，毫不忌妒。

长此以往，这个充满思想的国度尽管依然贫穷，还经常受到邻国的压迫，但仍向邻国和全世界倾注了一股持久、平静、滋润人心的思想暖流。

但是这个国家也存在一个引人注目的历史问题，使它不仅受到外国民众的嘲笑，自身也承受着痛苦与折磨——这个美丽国家的众多部落自古以来就相处得很不融洽，争吵和嫉妒从未停歇。虽然这些部落中不时会出现一种想法，而且还是由全部落中最优秀的人提出的——各部落应该团结一致、友好相处，但马上就有人质疑，如果这样的话，总有一个部落会自以为鹤立鸡群，想要领导其他部落。大多数部落都反对这个想法，所以国家始终没有实现真正的统一。

后来，在一次战争中，这个国家战胜了曾经严重压迫它的外国君主与征服者，这似乎终于给它带来了统一的契机。但很快它又错失了机会，许多部落首领都表示反对，这些首领的部下得到了许多恩惠，比如官职、头衔和绶带，他们普遍感到满意，不想追求新的变化。

与此同时，整个世界都在发生天翻地覆的变化，它像一个幽灵或一种疾病，从蒸汽机里冒出的第一缕浓烟中升起，改变了世界各地的生活方式。世界被工作和勤奋占领，被机器统治，人们废寝忘食地工作，并不断推动新的工作出现。巨大的财富由此产生，发明机器的那些地方原本就是世界的主人，现在更是掌控了整个地球，它们把其余部分瓜分到自

己的统治之下，没有权势的国家则一无所获。

我们所讲述的这个国家被席卷到这股浪潮之中，但它拥有的份额很小，因为它的国力实在太弱。世界的财富正在被重新分配，而这个贫穷的国家再次铩羽而归。

在这个节骨眼上，突然一切都发生了变化。要求各部落统一的声音变得响亮，一位伟大又强硬的政治家站了出来，发动了一场针对强大邻国的战争，并幸运地取得了辉煌的胜利，使得国家实力大增。然后他将所有部落联合起来，建立了一个伟大的帝国。这个由梦想家、思想家和音乐家组成的贫穷国家苏醒过来，它富有、强大、统一，与往日的那些强国比肩而立。然而，在外面的广阔世界里，已经没有太多可供它掠夺和获取的东西，这个年轻的强国发现，远方世界里的各种份额早已经被瓜分完了。但是，过去在本国应用并不广泛的机器化生产，现在却迎来了惊人的发展。整个国家和民族都迅速发生了变化，变得越来越强大、富裕，令人生畏。国家积满了财富，用士兵、大炮和堡垒组成的三重防御把自己包围起来。很快，这个年轻的国家就使邻国感到不安，产生了猜疑和恐惧，它们也开始建造篱墙，制造大炮和战舰。

但这还不是最糟糕的。他们虽然有足够的钱建造这些城墙堡垒，但没有人想发动战争，他们只是以防万一，因为富人都喜欢用铜墙铁壁来保卫他们的金库。

更糟糕的是这个年轻帝国内部所发生的改变。在很长一段时间里，帝国的民众在世界上得到的半是嘲讽，半是尊敬，因为他们的精神生活如此丰富，而物质又如此匮乏——现在他们意识到了拥有金钱和权力是多么美好的事情。他们兴建工程、储蓄金钱、进行贸易、借出外债，每个人都嫌自己赚钱的速度不够快。原本拥有磨坊或铁匠铺的，现在都迫不及待地建起了工厂；原本有三个伙计的，现在都有十个或二十个，很多人甚至有几百几千个。无数双手和机器工作得越快，积累起的金钱就越多——这是对那些有能力积累金钱的人而言。与此同时，许许多多的劳动者不再是师傅的伙计和同事，而沦为了愁眉苦脸的奴隶。

其他国家也发生了类似的事情，在那里，作坊变成了工厂，师傅变成了老板，工人变成了奴隶。世界上没有哪个国家能逃得过这种命运，但对这个年轻的帝国来说却是注定如此：它一诞生就赶上了这种新精神与新趋势的流行。它没有古老的历史，没有旧日的积蓄，在这个飞速发展的新时代里，它就像一个急躁的孩子在奔跑，手中捧满了工作与金钱。

智者曾经警告过，这个国家已经走上了歧路。他们追述着过往的时代，追述着这个国家宁静而隐秘的辉煌，它曾经担负的精神使命，它曾经源源不断地赠予这个世界的高贵思想、音乐与诗歌。但民众们沉浸在积累财富的幸福中，对此一笑置之。地球的旋转不可阻挡，祖辈们作诗、撰写哲学书，确实很美好，但孙辈们想证明在这个国家还可以做别的事情。因此他们在上千家工厂里锻打锤炼，制造新的机器，修建新的铁路，生产新的产品，为保险起见，也制造新的枪支和大炮。富人们远离大众，贫穷的工人们发现自己被孤零零地抛弃在一旁，也就不再心系同胞了，虽然他们也是其中的一员，但此时他们只为自己操心、思考和奋斗。那些为防御外敌而制造大炮和枪支的富人与权贵，都为他们的先见之明感到高兴，因为现在内部的敌人可能更危险。

这一切都在一场延续多年、对世界造成了可怕蹂躏的大战中终结了，现在我们依然站在这场战争的废墟之间，被战争的喧嚣惊扰，为战争的荒唐感到悲伤。

战争的结局是，那个年轻繁荣的帝国全面溃败。当初，它的子弟们兴高采烈、士气高昂地奔赴战场，但最终一败涂地。还没等宣布停战、重建和平，胜利者就要求战败国支付巨额赔款。于是，当战败的军队如潮水般撤回的时候，一列列火车朝着与家乡相反的方向驶出，日复一日地把那些权势的象征物送到战胜国去。机器和金钱像流水一样流出战败的国家，流到了敌人手中。

在这个紧要关头，战败的民族终于开始了反思。他们赶走了领袖和君主，宣布自治。他们成立了自己的委员会，决心依靠自身的力量和精神来走出厄运，并将自己的意志昭告天下。

这个在严峻考验下突然成熟的民族至今都不知道，他们的道路将通往何方，谁是他们的向导和拯救者。但上天知道，而且知道为什么要把战争的苦难带给这个民族和整个世界。

在这些黑暗的岁月里，有一条路在闪闪发光，这正是受过教训的民族不得不走的路。

已经长大的人不可能再变回小孩，没有人可以返老还童。这个民族不能单纯地交出他们的大炮、机器和金钱，然后回到宁静的小镇上继续创作诗歌、表演奏鸣曲。当一个人的生活方式把他引入歧途，使他陷入深深的痛苦中时，他只有一条路可以走：回忆自己曾经走过的路，回忆他的出身与童年、成长的过程、辉煌与没落，并且在这条回忆之路上找到他与生俱来的、永不磨灭的重要力量。这个民族也是如此。它必须"深入自我"，找到还没有被摧毁的本性。这份本性在面对自己的命运时，不会试图逃避，而是坦然接受，然后以失而复得的至善至真为根本，重新开始。

如果是这样，当被击垮的民族真挚、心甘情愿地走上这条命运之路的时候，那么过去的一切又将重现。一股持久而平默的暖流，将再次自它流入全世界，而那些今天与它为敌的人，将在未来再一次聆听这暖流，并深受触动。

（1918 年）

来自另一颗星球的奇异讯息

在我们这颗美丽的星球上，某个南方省份遭遇了一场可怕的不幸。一场地震以及随之而来的暴风雨与洪灾，侵袭了三个大型村庄，摧毁了它们所有的花园、耕地、森林与植被。许多百姓与牲畜在这场灾难中丧生，最令人伤心的是，连纪念亡者和布置他们长眠之处的鲜花都不够。

在那灾难性的时刻过去之后，人们带着爱的召唤，马不停蹄地四处募捐。在全省的各个钟楼，人们都能听到合唱团那感人肺腑、动人心弦的歌声，多少个世代以来，那首歌一直被当作献给怜悯之神的问候，它婉转悠扬的音调有着无人能抵抗的魅力。马上，一批又一批怀着同情心的人从各个城市与村镇赶来，伸出援助之手。那些在大灾之中失去了家园的人们，被亲戚、朋友甚至是陌生人盛情邀请去家里暂住。食物与衣服，车辆与马匹，工具、砖石与木料以及其他物资，从四面八方送到这里来。老人、妇女与儿童被一双双充满善意的手搀扶着、呵护着，带离灾难现场。救助人员悉心为伤员擦洗、包扎，并且仍在废墟之中搜寻着遇难者的遗体。还有一拨人已经开始着手清理工作，搬走了塌落的天花板和摇摇欲坠的围墙，为迅速重建做好充分的准备。

尽管大灾过后，空气中仍然残存着哀伤的气息，但所有幸存者与援助者的脸上和声音里，还是透着一股备受鼓舞的干劲，甚至是某种微妙的节日气氛。因为勤恳的苦干促生了有凝聚力的集体感，而深知自己在做的事无比重要、美好且功在千秋，这种确定感又让人提足了精气神。最开始的时候，一切都还是怯生生、静悄悄的，但随后不久，就慢慢地从这里或那里传出了愉快的交谈声。人们一同工作时，更是可以渐渐听到有人轻声哼起了小调。不难猜到，被唱诵次数最多的，就是那两句古老的谚语诗："向突然遭灾的人们伸出援手，是极幸福的事；那受助的人儿愉快地接受你的善举，不正像干枯的花园饮下第一场甘霖？难道它不会用满圃的馨香，来表达它的感恩之心？"另外一句是："神的明朗与喜悦，从共同的行动中涌出。"

然而，眼下鲜花短缺，实在让人沮丧。第一批被发现的遇难者，周身装饰着鲜花与植物茎叶，可那已经是人们从被毁的花圃中到处搜集来的、仅存的一丁点了。后来，大家开始去周边的各个村落找寻所有能见到的鲜花。但不幸的是，被毁的三个村庄，恰巧就是整个花季里花卉产量最大、最美丽的地方。每一年，人们都会聚到这里，只为欣赏水仙与藏

红花绽放的美景，在别处任何花园里，都不曾得见这般浩瀚无垠的花海，也不会有那样高雅考究、色彩奇特的品种。如今，这一切都被毁掉了，所有的花朵与枝叶全都枯萎了。人们手足无措地站在那里，不知该如何为逝者献上致以哀思的花朵。原本根据风俗，每一个亡故的人以及每一头升天的牲畜，都应被当季鲜花隆重地装点。而且，一个人走得越突然、死因越令人感伤，他的葬礼就要举办得越华丽、越引人注目。

这个省里最年长的老者——同时也是首批救援者之一——很快就被如潮水般涌来的问询、请求以及抱怨淹没了，他不得不费些力气，才能让自己保持镇定和乐观。不过，他倒是从不慌乱，目光澄明而和蔼，嗓音清澈且友善，白色胡须下的双唇总不忘挂着安详仁慈的笑容，一切都与他智者兼顾问的正派身份相符。

"我的朋友们，"他说，"一场不幸降临在我们的身上，这是众神给我们的考验。所有此地被毁的，我们都会尽快重建起来，交还给我们的弟兄。感谢上苍眷顾，让我在如此高龄还能经历这一切，见证你们是如何团结一致，置自身利益于不顾，向我们的弟兄伸出援手。不过，眼下我们该从哪里找些鲜花，让遇难者优雅而体面地走完最后一程、羽化成仙呢？只要我们还有一口气，就不容许任何一个亡者在没有鲜花的情况下入土。你们或许也是这么想的。"

"没错，"所有人齐声呼喊，"我们就是这么想的。"

"我知道，"长者用慈父般的语气说道，"眼下我们必须做的，就是把今天尚未安葬的所有长眠者抬到山上那座避暑宫庙去。那地方如今还被白雪覆盖着。在属于他们的鲜花运送过去之前，一切都不会发生改变。不过，要想在这个季节弄到大量的鲜花，只有一个人能帮上我们的忙：那就是国王。因此，我们必须派一个人去国王那里寻求帮助。"

大家再次点头同意，高喊："对，对，去找国王！"

"那就这么定了。"长者说。人人都能欣喜地看见，他那白胡子下的笑容正闪闪发光。"那么，我们到底该派谁去国王那里呢？这个人必须得年轻力壮，而且路途遥远，我们还得给他配上最矫健的马匹才行。他还要面容俊秀、心地善良、双眸星辉万丈才行，唯有这样，国王才会不忍心拒绝他的请求。他不需要太多言语，但他得有一双会说话的眼睛。最好是能够派个孩子去，也许是全乡最漂亮的那个孩子，不过，一个孩子又怎能独自应付这样一段旅行呢？你们得帮帮我，朋友们，你们当中要是有人乐意传信，或者你们认为谁堪大任，就请说出来。"

老者说完便闭口不言，用他澄明的目光环顾四周。但没有任何一个人站出来，也没人吭声。

老者将问题又重复了一遍，等他第三次说完同样的话后，人群中走出了一位少年，他才十六岁，几乎还是个大男孩。他羞涩地眼望地面，向长者致以问候时甚至还红了脸。

长者注视着他，当下便看出，眼前的少年就是最合适的使者。不过，他还是微笑着问："你愿意当我们的传话人，这很好。可为什么在这么多人当中，偏偏是你自告奋勇呢？"

少年抬起头，望着面前这个年迈的老人，说："如果其他人不肯去的话，那就让我去吧。"

这时，人群中一个声音呼喊道："让他去吧，长老，我们认识他。他就是这村里的人，他的花圃在地震中被夷为了平地，只剩下一片荒芜，那可是我们这地方当初最美的花圃啊。"

老者和蔼地直视着少年的双眸，问他："你很为你的花儿心疼吧？"

少年轻声答道："我很心疼，但我不是因为这个才报名送信的。我曾经有个十分要好的朋友，还有一匹年轻俊美的小马，他们都在这次地震中失去了生命，此刻就躺在大厅，等待着陪他们一同下葬的鲜花。"

　　长者摊开双手为他祈福，并为他挑了一匹脚力最强健的马。少年立即翻身上马，轻叩马颈，点头向众人道别，随后便疾驰奔出村庄，跨越了一块又一块潮湿荒凉的农田，自此离去。

　　少年骑行了一整天。为了能更快一点抵达遥远的首都、见到国王，他白天翻山越岭，到了晚上，天开始擦黑的时候，他就牵着缰绳，步行穿越森林与岩崖。

　　一只他从未见过的深色大鸟飞在他的前头，他就跟随着鸟儿，直到它落在一座敞着门的庙宇的屋顶上。少年把他的马牵到草地上休息，自己则从木柱子中间的入口，走进了那座简朴的圣殿。这里唯一的祭品是一块岩石，这岩石是用一种在当地很罕见的黑色石料打磨而成的。岩石上雕刻着一个古怪的图案：一颗正在被野鸟啄食的心脏。

　　他敬拜了神明，并将一株在衣衫上别了一路的蓝色风铃草作为供品，放在了祭台上。然后他在一个角落躺了下来，他实在是太累了，早就想睡上一觉了。

　　不过，他毫无睡意，瞌睡并没能像过往的每个平常夜晚那样造访。或许是那株蓝色风铃草，或许是那块黑色岩石，又或许是别的什么东西，散发出一股既浓郁又让人隐隐作痛的奇特香气。岩石上的古怪图案在幽暗的大厅里闪烁着微光，屋顶上停着那只奇异的大鸟，时不时地用力拍打它巨大的双翅，把林中的枝叶扇动得沙沙作响，仿佛一场暴风雨即将来临。

于是，少年半夜起身，走出了庙宇，抬头望向那只怪鸟。而它也抖动着翅膀，看着少年。

"你为何不睡？"大鸟问他。

"我也不知道，"少年回答，"或许，是因为我经历了苦痛吧。"

"怎样的苦痛呢？"

"我的朋友和我最爱的马儿双双丧了命。"

"死亡难道有这么糟糕吗？"大鸟语带嘲讽。

"噢不，大鸟，死亡本身一点都不糟糕，那只是一场告别而已，我不是因为这个才伤心的。糟糕的是，我们没法安葬我的朋友和我的马儿，因为我们没有鲜花了。"

"还有比这更糟糕的呢。"大鸟不耐烦地扑扇着翅膀。

"不，鸟儿，肯定没有比这更糟糕的事了。要是谁下葬的时候身边没有鲜花，那么他就无法重生。而要是谁没有用隆重的花束来装点整个葬礼，那么他就会在梦中看见他故去亲友的影子。你瞧，我现在就睡不着了，因为我还没有用鲜花祭奠他们。"

大鸟用弯钩状的鸟喙发出生硬的嘎嘎声："年轻的孩子，你要是除了这以外还没经历过别的事情的话，那么你对苦痛尚一无所知。难道你从没听人谈起过那些更大的不幸吗？比如仇恨、嫉妒等等？"

少年听到这些词语，以为自己在做梦。他仔细思考了片刻，然后谨慎地回答："或许吧，鸟儿，我有印象。在古老的故事与童话中有这样的事，不过它们都不是真实的，或者它们曾经存在过，可那是很久很久以前，当时的世上还没有花朵，也没有心善的神明。谁会往那些上面想啊！"

大鸟用它利刃一样的嗓音发出轻微的笑声，然后猛地展翅高飞，并对男孩说："那么，你现在想去找国王，要我给你指路吗？"

"噢，你已经知道啦！"少年高兴地大喊，"是啊，要是你愿意引领我的话，我正求之不得呢。"

大鸟无声地降落在地面上，展开双翅，命令少年将马匹留在此地，与它一同飞往国王的所在之处。

少年在鸟背上坐下，试图像骑马那样骑着鸟。"闭上眼睛！"大鸟命令他，他便照做了。他们俩在昏暗的夜空中，像猫头鹰那样，无声且轻柔地飞行，唯有冰冷的空气呼啸着划过使者的耳畔。他们飞啊，飞啊，飞了一整晚。

破晓时分，他们停下了，大鸟喊道："睁开眼睛吧！"少年听闻便张开双眼。此刻他看到，自己正身处一片森林的边缘，脚下是在第一道晨曦中闪烁着光芒的平地，耀眼的旭日让他不由得目眩神迷。

"就在这片森林里，你会重新找到我的。"大鸟说完，似离弦之箭一般冲向空中，顷刻间便消失在一片蔚蓝里。

当那位年轻的使者穿越森林向着远处的平地漫步时，一种奇异的感觉席卷而来。四周的一切似乎变了形，这让他分不清自己究竟是梦是醒。草地与树木倒是跟故乡的没什么差别，阳光洒下来，风儿戏弄着被晒得滚烫的青草叶。但这里看不到人或动物，也看不到房屋或花圃。这儿就像少年被地震夷为平地的家乡一样，荒无一物。建筑物的废墟、折断的枝丫、被劈开的树木、东倒西歪的篱笆、劳作的工具，零乱地散在地上。突然，他看见田野的正中央躺着一个遇难者，少年非常害怕，只能移开目光，找了些绿叶与鲜花盖在他脸上。

一股难以名状的气味弥漫在整片平原，让人心情沉重，久散不去。一些人和动物的尸骨，全都被随意地丢弃在阳光下，似乎没有人想过要用鲜花为他们举行葬礼，也没人想过要好好安葬他们。少年满心不安，心想这里一定发生了一场难以想象的大灾难，带走了所有的生灵。亡者实在太多了，他只好放弃为他们采摘鲜花，半睁半闭着眼睛继续前行。一路上难闻的味道从四面八方涌来，形成一股股难以言表的悲恸巨浪，且越来越大。少年觉得自己仿佛被困在一场噩梦里，他感觉这是上天在向他发出警告，因为他还没有弄来鲜花，给他死去的朋友、爱马和村民们举办葬礼。这时，他突然想起那只深色大鸟在庙宇屋顶上说过的话，他仿佛听见那只鸟说这话时尖锐的嗓音："还有比这更糟糕的呢。"

这下他明白了，那只鸟把他带到了另外一颗星球上，而他亲眼所见的这一切，都是真实的现状。他回忆起小时候听人讲述远古童话时心中的那种战栗。此刻，那种感受又重新涌上他的心头：让人脊背发凉的惊恐，以及躲在这惊恐背后、发自心底的庆幸。因为，聊以慰藉的是，这一切毕竟都发生在很久很久以前、很远很远的地方。这里的一切像是一个童话里的异象世界，它的运转遵循的是某些难以理解的规则，那厉害的法则规定，只允许糟糕的、愚蠢的

以及丑陋的事情发生，美好的与善良的统统禁止。

就在这时，他终于看到了一个活生生的人在田野上穿行，大概是个农夫或长工，少年赶忙向他跑去，冲他大声呼喊。等他靠近时，男孩着实被吓了一大跳，心中顿时充满了同情，因为这个农夫极其丑陋，几乎不像太阳底下的任何人。他看上去像是一个习惯了只考虑自己的人，一个习惯了世间只有假、丑、恶的人，一个时常活在残酷噩梦中的人。他的眼中、脸上，甚至整个气质里，没有一丝明朗、良善、感恩或信任的踪影。在这个不幸的人身上，连最基本、最理所当然的美德都看不到。

不过，少年还是竭力控制住了自己，带着极大的善意走近那个人，像兄弟一样跟他打了招呼，面带笑容地跟他搭起话来。那个丑人愣愣地站在那里，用他硕大却浑浊的双眼惊诧地望着少年。他的声音粗哑，讲起话来毫无抑扬顿挫的乐感，仿佛是一个低等生物的咆哮声。可他无法抵抗少年眼中的明快与带着谦卑的信任感。于是，在对着那个陌生来客瞅了好一会儿之后，他那满布皱纹的粗糙面庞上，绽放出了一个龇牙咧嘴的微笑——丑倒是真丑，但同时又满是温柔与惊奇，有如一个刚刚从地底最深处返回、重获新生的灵魂露出的第一抹浅浅的微笑。

"你想找我干什么？"那个人问从异乡来的少年。

少年依照家乡的礼仪回答道："谢谢你，我的朋友，我想请你告诉我，我能否为你做点什么？"

农夫沉默不语，惊诧又尴尬地笑了笑。少年使者又问他："告诉我吧，朋友，这可怕的一切是怎么发生的？"他边说边用手指了指四周。

农夫似乎没听懂他的问题，少年将自己的问题又重复了一遍之后，他说："难道你从没见过这种场面吗？这是战争啊！这里是一片战场。"他指着一堆乌黑的废墟大声说："那曾经是我的家。"少年心中充满了真诚的同情，直视农夫那不再清澈的双眸时，农夫目光低垂，看向了地面。

"你们没有国王吗？"少年接着问。农夫给出了肯定的答案。少年又问道："那他在哪里呢？"那个人用手指向远方，隐隐约约能看出是一片营地。于是，少年将手搭在农夫的前额上，以这种家乡的礼仪作为告别，然后接着赶路。可农夫却用双手抚摸着自己的前额，忧心忡忡地摇晃着笨重的脑袋，在原地停留了许久，呆呆地目送着使者远去。

送信的少年跑啊跑，穿过沿路的废墟，最终抵达了那片营地。这地方到处都是荷枪实弹的男子，他们要么在站岗守卫，要么在急行军，没有任何人注意到他的出现。少年穿梭于层层人群与营帐之间，最后发现了一顶最雄伟也最华丽的帐篷，驻扎在里面的正是国王。少年掀开门帘走了进去。

国王坐在帐篷里一张简单、低矮的床榻上，脚边放着脱下的披风，在他身后长长的阴影里，蹲坐着一个熟睡着的侍从。国王弓着腰坐在那儿，陷入深深的思考中。他的面庞俊美而忧伤，一束灰发垂在被日光晒成棕褐色的额上，面前的地上躺着他的佩剑。

少年带着深深的敬畏之心，向国王致以无声的问候，就像问候自己本国的国王那样。他双手交叉在胸前，在原地默默地等待着，直到国王向他瞥了一眼。

"你是谁？"国王严肃地发问，同时锁紧了深褐色的眉头。但他的目光停留在了少年纯净无瑕、开朗明媚的面容上，少年望着他的眼神里充满了信任与友善，国王的语气不由得柔和了起来。

"我早就在哪里见过你，"他若有所思地说，"又或许，你长得像我童年时认识的某个熟人。"

"我不是本地人。"少年回答。

"那就是我做过的一场梦了，"国王轻声道，"你让我想起我的母亲。跟我说说话吧，给我讲点什么。"

少年开始讲道："是一只大鸟把我带来的。我的国家发生了一场地震，我们想埋葬所有的逝者，但我们没有鲜花了。"

"没有鲜花了？"国王问。

"是的，一朵鲜花都没有了。要埋葬亲友，却无法用花礼来让他入土为安，那可真是太糟糕了。逝去的人应当一身华丽，在喜悦中迎接新生。"

讲到这里，使者忽然想起，还有那么多未得安葬的亡灵躺在荒野上，于是他再也讲不下去了。国王望着他，发出一声沉重的叹息。

"我本来要去找我们的国王，请求他赐予我们大量的鲜花。"少年继续说，"可是当我到达山上的一座庙宇时，飞来了一只大鸟，它说它会带我去见国王。就这样，它带着我穿越长空，来到了您这里。噢，我亲爱的国王，那庙宇里供奉的是一尊不知名的神，当时，那只大鸟就栖息在庙宇的屋顶上。大殿中央竖着一块岩石，上面刻着一个古怪的图案：一颗正在被野鸟啄食的心。那晚，我跟大鸟有过一次对话，但直到现在我才明白它话中的意思。它对我说，这世间的苦难与恶行，比我曾眼见或听闻的要多得多。如今我人在此地，一路上途经惨状环生的田野，在这几个钟头里我所目睹的伤痛与不幸，唉，比我们那里令人心惊胆战的童话故事中讲到的，还要更加深切与沉重。这也就是我为什么来找您的原因，噢，国王，请问我是否能为您效犬马之劳？"

从头到尾聚精会神听他讲话的国王试图挤出一丝微笑，但他俊美的脸庞又是那样苦涩、那样悲伤，他根本笑不出来。

"我很感谢你有这份心意，"他说，"你已经帮了我的大忙。你让我想起了我的母亲，为这，我就该好好谢你。"

国王笑不出来，这让少年心里很难受。"您如此忧伤，"他对国王说，"是因为这场战争吗？"

"正是。"国王说。

面前这个人身上的肃杀之气，给他周遭的一切都蒙上了厚密的阴云，但少年同时又能感觉到，此人着实有着高贵的灵魂。于是他再也克制不住，有点冒犯地开口发问："不过，算我求您，请告诉我，在你们这颗星球上，人们为什么要发动这样的战争呢？究竟是谁的错？您是不是也有责任呢？"

国王盯着少年看了好久，似乎被这鲁莽的发问惹得十分恼火。但他阴郁的眼神无法与对方清澈无邪的眸子长久对视。

"你还是个孩子，"国王说，"而有些事情，是你还无法理解的。战争不是任何人的错，它是自己出现的，就像雷鸣闪电，而我们所有人，所有必须投入战斗的人，都不是战争的发起者，我们只是它的受害者。"

"那对你们来说，死是一件很容易的事咯？"少年问道，"在我的家乡，虽然说死亡也不是什么人人畏惧的事情，而且大多数人走的时候也了无遗憾，甚至还有许多人是心存欢喜地拥抱蜕变；但没有人胆敢夺取另外一个人的生命。在你们这颗星球上，情况肯定就不一样了吧。"

国王摇了摇头："在我们这里，杀戮虽然不太罕见，但我们仍将其视作最严重的犯罪；唯有在战争中，杀戮是被允许的。因为没有人是出于仇恨、忌妒或一己私利而杀人，他们只不过是在做集体要求他们做的事情。而且，如果你以为他们在赴死时心里是轻轻松松、了无牵挂的，那你可就大错特错了。如果你往我们这里死者的脸上瞅一眼，就会看出，死亡对他们来说也是件艰难的事。"

少年仔细聆听着这一切，讶异这个星球上的人们竟然过着如此悲哀与严酷的人生。他还有许多问题，可他又预感到，那些可怕事物之间的全部关联，是他永远都无法理解的。没错，他甚至能察觉到自己并没有去理解的欲望。

要么，这些可悲的人儿属于某种低级的物种，尚没有得到光明之神的指引；要么，在这颗星球上，本身就存在着某种不祥的厄运，某个地方出了差错，某些东西发生了故障。如此一来，他便觉得，若是再继续对那国王盘问下去，逼他给出那些会让人更感苦涩、更觉羞辱的答案与剖白，那可就太难堪、太残忍了。这些人，一面生活在死亡的阴影中，一面却互相残杀。他们的面容，要么像那个农夫一样，有着毫无体面可言的粗野与生硬；要么像这个国王一样，有着深深的、令人生怖的忧伤。他为这些人感到惋惜，但与此同时，他们在他眼中看上去又有那么几分古怪，甚至是好笑——一种让人感到沮丧与羞耻的好笑。

然而，有一个问题仍旧盘桓在他的心头，他无法克制住自己不去琢磨。就算此处这些可怜的生灵都是些掉队的人，

像逗留在外的孩童，是一颗不得安宁且落后的星球上的子孙。就算这些人的一生都只不过是微光乍现的白忙一场，所有人最终都要在绝望的彼此残杀中了却此生。就算他们让阵亡者的遗骸就那样暴露于旷野之中 —— 就像某些可怕的史前童话里会讲到的那样 —— 即便如此，他们也总该有对未来的预想，对神明的憧憬吧？他们的心中总会存在着某种类似灵魂的东西吧？要不然，这一整个糟糕的世界就真是个彻头彻尾的错误，毫无存在的意义可言了。

"很抱歉，国王，"少年近乎讨好地说，"请您原谅，在离开您这奇异国度之前，我仍有一个问题想向您讨教。"

"但问无妨！"国王大方地邀他发问，这个来自异乡的陌生人让他心里产生了一种奇异的感觉。在他看来，这少年貌似在许多事情上都表现得极其细致周到、成熟稳重且思度深远；但在另外一些事情上，他又像个需要呵护的幼童，让人无法跟他太过较真。

"您这位异国的国王呀，"少年说，"您让我也开始忧伤起来。您看，我来自另外一个国家，而庙宇屋顶上的那只大鸟说得没错：您这儿充斥的无尽哀痛，比我所能想象的还要多、还要重。你们的生活看上去就像一场噩梦，我不清楚，掌管你们的，究竟是神明还是恶魔。瞧，国王，我们那里有这样一个传说，以前我只把它当作童话里的一缕云烟来着。我们也曾对战争与绝望这样的词有所听闻，但我们的语言里早就没有这些令人颤抖的词了，只在古童话集里才能读到，而且在我们的耳中，它们听起来既残酷可怕，又有点滑稽可笑。今天我见识到了，它们都是真实存在的，我也目睹了您和您的臣民做了哪些事情，承受了怎样的苦难。这一切，在今天之前，我都只从史前的恐怖传说里听到过。

"可现在，我想请您告诉我：你们在灵魂深处从未隐约感到，自己的所作所为是不正确的吗？你们从未渴求过光明的、会带来勃勃生机的神，还有充满理性与喜悦的掌舵人吗？你们在睡梦中从未幻想过一种不一样的、更加美好的生活吗？在那样的生活里，人人奉行己所不欲，勿施于人的原则，理性与秩序统领一切，人与人的交往也都是在欢欣喜悦的基调之上，以呵护彼此为出发点。你们从未想过，世界本为一体，有意识地敬重这个整体，心中有爱地服务于它，才是造福子孙、疗愈人心之道吗？"

在听到这些话时，国王始终是低着头的。当他再次抬起头时，他脸上的表情已经变了，现出了一抹微笑，尽管他的眼中蓄满了泪水。

"漂亮的小男孩，"国王说，"我已经搞不清，你到底是一个孩子，还是一名智者，又或许就是一位神了。不过，我可以这样回答你，你刚刚所说的那些，我们全都知晓，也都放在了心上。我们能隐约感到这世上有幸福、自由与众神的存在。我们这儿也有一个传说，出自史前的一位智者，他说世界是一个天上各个空间和谐协调的整体。这样的解释你满意吗？你看，或许你是来自彼岸的一位使者，不过也很有可能你就是神明本尊。我可以肯定地告诉你，你心中有关于幸福、力量与意志的一切可能性，在我们的心中亦皆有感应，在我们的心底都能看到它们长长的倒影。"

紧接着，他突然站起来，把少年吓了一跳，因为有那么一瞬间，国王的脸上竟浮现出了一抹明亮的、不带一丝阴霾的微笑，有如皓月般皎洁。

"你现在走吧，"他对着少年使者喊道，"你走开，让我们继续对战！你让我的心变得柔软，让我想起了我的母亲。够了，这些就够了，亲爱的男孩。你现在就逃走吧，趁新的厮杀尚未开始！我会想起你，当城市葬身于熊熊烈火时，我会想起你说的，世界本为一体，即便是我们的愚蠢、愤怒与野蛮也无法将我们从这整体上撕扯下来。你多保重，代我向你们的星球，向那尊以被啄食的心脏为象征的神致以问候！当你想起你的朋友，那个战争中的可怜国王时，请不要想着他如何坐在营帐里，陷入深深的悲伤，而是想着他是如何眼中含泪、露出微笑的！"

国王没有叫醒他的侍从，亲自掀开帐帘，将那位异乡的客人送出门外。少年脑中满是全新的念头，朝着平原的方向往回走。在暮光中，他望见天边有一座大城市正被烈焰层层包围，直到天色完全黑下来，他才终于抵达那片山林的外缘。

这时，那只大鸟也已经从云端飞了下来，它把少年驮在自己的翅膀上，一同穿过黑夜飞回去，安静轻盈，如同猫头鹰夜间的滑翔。

当少年从一场让人焦躁不安的梦境中醒来的时候，他发现自己正躺在山中一座小小的庙宇里，他的马站在湿漉漉的草丛中，嘶鸣着迎接新的一天。而关于那只大鸟，关于他自己在那颗陌生星球上的游历，关于那位国王和那片战场，他已经一点都不记得了。这一切只成了留在他心上的一片阴影，如同一根细刺造成的隐痛，就像人徒有同情心却无能为力时会感到的那种隐痛一样；又像一个微小但不得满足的愿望，在一个又一个的梦中折磨着我们，直到我们最终遇见了那个偷偷盼着的人，与他分享喜悦，看到他展露笑颜。

少年使者翻身上马，骑了一整天，终于来到国王所在的都城。事实证明，他果真是传话送信的最佳人选。因为国王将手搭在少年的前额上，用这种满含仁爱的问候方式接待了他，并对他大声说："你的双眸已经对我开过口了，而我的心也给出了肯定的回答。你的请愿在我亲耳听到之前就已实现。"

使者随即收到了一张国王亲批的特许状，上面说明，他

有权调用全国上下所有的鲜花，
需要多少便可采摘多少。同
时，国王还给他配备了好几
位随从，成队的马匹与车辆
亦紧随其后。几天后，当他
翻过群山，再度行驶在家乡平
坦的小路上时，跟在他后面的是
一辆又一辆车与一个又一个的竹
篓，马和骡子载满了最娇艳欲滴的花朵，它们来自全国各地
的花圃以及温室。车队搬运来的鲜花数量之多，不但足以绕
每位亡者一周，也能够相当华丽地装点他们的灵柩，甚至还
可以根据习俗，为每位逝去的人都栽下一株鲜花、一丛灌木
以及一棵果树幼苗，以表追思。少年装点并安葬好自己的故
友与爱驹，在他们的墓前种下了两株鲜花、两丛灌木与两棵
果树苗，失去他们的伤痛便渐渐淡去了，沉淀为一种静谧且
底色明朗的缅怀。

　　如今，他该尽的心意都尽到了，担负的义务也已履行
完毕，关于那一晚奇异之旅的回忆再度涌来，触动了他的心
弦。于是，他向身边亲近的人求得一日独处的时光，在静思
树下坐了整整一天一夜。他将自己在那颗陌生星球上所见之

景一帧一帧再度展开，记忆中的画面竟如此清晰，未曾有一丝增减。一天，他登门拜访了当初选派自己送信的那位长者，乞求与他进行一次秘密的对谈，并把一切都讲给了他听。

长者认真聆听完，陷入了长久的沉思，而后问他："我的朋友，这一切是你亲眼所见，还是你做过的一个梦呢？"

"我也不知道，"少年回答，"我想，大概只是一场梦吧。然而，既然那梦中发生的均有如现实一般，那我也就看不出，所谓现实与梦境之间有什么差别了。它在我的心底留下了一丝忧伤的阴影，尽管我身处现世的幸福人生之中，但时而还是会感受到从那颗陌生的星球吹来的一股凉风。因此我想请教您，尊敬的长者，我该做些什么才好？"

"明天，"长者说，"你就再去那山里一趟，找到那座庙宇。你提到的那个图案我从未听说过，也觉得十分稀奇，那很有可能是另外一颗星球上敬拜的神像。又或许，那座庙宇和它供奉的神都已经相当古老，源自我们最早的祖先，出自那个在我们的生活中尚有武器、恐惧与死亡威胁的遥远年代。亲爱的，你再去一次那座庙，为它们敬献一些鲜花、蜂蜜与歌曲吧。"

少年谢过长者，听从了他的建议。他准备了一罐上好的蜂蜜，就和人们在初夏的第一个蜜蜂节为贵宾送上的一样，又带上了自己的六弦琴。他在山里找到了当初摘下蓝色风铃草的地点，还找到了那条通往森林的陡峭的砾石小径，不久前，他就是在这里下马，开始徒步前行的。可是，那座庙宇、那块黝黑的祭石、木梁、屋顶以及屋顶上的那只大鸟，却消失得无影无踪，这一天，他无论怎么找都没有找到，次日再寻，亦是徒劳。而且就连他向旁人打听，也没有人听说过他所描述的这么一座庙宇。

于是，他只得返回家乡，当途经一座名为"爱之追忆"的圣殿时，他走了进去，将蜂蜜放上供桌，弹起六弦琴，唱起了歌。随后，他向象征着"爱之追忆"的神明讲起了他的梦境，那座庙宇、那只大鸟、那个可怜的农夫与战场上的死者，最最重要的，还有那位营帐里的国王。讲完这一切，他觉得心头有如卸下大石般轻松，返回住所后，他将一幅象征着世界大同的画挂在卧室，紧接着便沉沉地睡去。在经历了这些日子的种种奇遇之后，他终于可以好好休息一下了。第二天一早，他就开始帮助邻居，一边哼着歌，一边努力清除掉地震在花园与田野上留下的最后一丝痕迹。

（1915 年）

画家

　　有一位名叫阿尔伯特的画家，他在年轻时没有办法靠自己的画作取得他所渴望的成功与声誉，于是他选择归隐田园，过清心自在的生活。可是他尝试了许多年，越来越觉得自己不适合这样的生活。当他坐下来，用心绘制一幅关于英雄的画时，他总是一而再、再而三地想道："你所做的事情真的有必要去做吗？这幅画真的必须被画出来吗？难道散散步或喝喝酒这些对别人来说很愉快的事情，对你来说就不愉快了吗？除了让自己麻木一点、健忘一点、消磨一点时间，你真的用绘画为自己创造出了什么不同的意义吗？"

　　这些想法很不利于他创作。随着时间的推移，阿尔伯特几乎完全不再作画。他开始去散步、喝酒、读书、旅行，但这些事情并不能令他感到内心的安宁。

　　他经常无意识地回想起自己刚刚开始绘画生涯时的愿景与希望。他想起来了，那时他的感受和愿望让他与世界之间存在着一种美好且牢固的关系，这其中产生了一道激流，使他与世界之间某种强烈且深邃的东西产生了持续的共鸣，发出了如乐器奏鸣般的轻微声响。他想通过描绘那些英雄和波澜壮阔的风景来表达和满足自己的内心。只有把内心袒露于外部世界，接受参观他画作的人们的评判与感激，他才能获得安宁，整个人再次变得鲜活灵动、神采奕奕。

是的，他没有实现这一点。这是一场陈年旧梦，渐渐地，就连梦也变得缥缈和脆弱。现在，无论阿尔伯特漫游到世界上的什么地方，不管是在偏僻的地点离群索居，还是在海面之上乘船旅行，或是在高山与峡谷间漫步，这个梦都出现得越来越频繁了。它和以前有点不一样了，但还是那么美、那么强烈、那么诱人、那么令人渴望，迸发着青春的力量。

啊，他多么渴望感受到自己与世间万物之间的共振！感受自己的呼吸和风与海的呼吸是相同的，感受兄弟之情和亲戚情谊，感受爱与亲近，感受自己与万物之间的共鸣与和谐！

他不再执着于画出曾经渴望的那种画作，如果他在这些画作中展示出自我和欲求，它们就应该给他带来理解和爱意，阐明他的内心，证明他的存在，让他获得荣誉。但他渴望的只有那种共振的感觉、那种力量的涌流、那种熟悉的亲密，他的自我在其中瓦解、沉沦、死灭又重生。单单是全新的梦想，全新的强烈渴望，就可以使生活变得可以忍受。它们给生活赋予了某种类似于意义的东西，使生活变得澄澈，使他得到了解脱。

不过，依然留在阿尔伯特身边的几位朋友不太理解他的想法。他们只觉得这个人沉浸在自己的世界里，变得越来越沉默，说出来的话也显得更为奇怪和可笑。他实在太与众不同了，完全不参与其他人喜欢或重视的事情：他不关心政治，也不在乎贸易，不参加射击比赛和舞会，也不对艺术发表明智的言论。总之，他们能得到乐趣的所有东西，他都不感兴趣。他变成了一个怪人、半个傻子。他走在灰暗、冷峭的冬日空气里，却仿佛呼吸到了空气的甜蜜与芬芳；他莫名跟在一个唱着歌奔跑的小孩后面，紧追不放；他一连几个小时盯着碧绿色的湖水或青蓝色的花圃，要不就是沉浸于一块被劈开的木头的纹理，一棵根须或一片甜菜上的纹路，就好像读者沉浸在一本书中。

于是，没有人再关心他了。他住在国外的一个小城镇里，有一天他穿过一条林荫道，透过连绵不断的树干望到了一条流速缓慢的小溪。溪流两边是陡峭的黄土河岸，犹如山体滑落后形成的断层面，上面长满了光秃的灌木和多刺的杂草，它们错综在一起，蒙着灰尘。这时，他心中有什么东西在震响，他停了下来，感觉自己灵魂里一首来自传奇时代的

老歌再次被演奏。黏土的黄色与蒙尘的绿色，蜿蜒的溪流与陡峭的溪岸，颜色或线条之间的某种关联、某种共鸣，让这幅偶然形成的画面暗藏着特别之处，带有难以置信的美丽，使人感动，又令人震惊。这个特别之处告诉他，这一切都与他是一体的。他感受到了森林与河流之间、河流与自己之间、天地与植物之间最为亲密的情感共振。眼前的一切似乎都是独一无二、遗世独立的，但在这个时刻，它们融为一体，映入他的眼帘，进入他的内心，与他相遇，向他问好。他的心成了河流、草木和空气汇聚的地方，它们互相呼应、簇拥、欢庆，彼此间爱意坚定。

这种美好的经历重复了几次后，画家被一种美妙的幸福感所包围，这种幸福非常浓稠、饱满，就像黄昏时的金光或花园里的芳香。它尝起来甜蜜又深沉，但不能长久吸吮，因为它太丰沛了。他的内心变得充盈，变得紧张，变得躁动不安，几乎要产生恐惧和愤怒了。这种幸福感过于强大，它淹没了他，撕裂了他，让他害怕陷入其中。他不想这样。他想好好活着，想要获得永恒的生命！他从来没有像现在这样，发自内心地想要活下去！

有一天，就像大醉初醒一般，他发现自己独自一人静静地待在房间里。他在面前放了一盒颜料，铺开一张画布——

在许多年后，他重新坐下来开始作画。

这一画就是很长时间。"我为什么要这样做？"的想法再也没有出现过。他不停地画着。除了观景和绘画，他不再做任何别的事情：不是迷失在绘画世界之外的美妙图景中，就是端坐在自己的房间里，让身心再次被那种激流充盈。他在自己的小画布上创作了一幅又一幅诗一般的画作：

烟雨迷蒙的天空和草地、花园的围墙、森林里的长椅、乡间小道……他也画人类和动物，画他从未见过的事物，例如英雄或精灵，不过他们看起来和他画的围墙和森林有些相似。

再次回到世人面前时，他因为重新开始绘画而出了名。人们觉得他很疯狂，但又对他的画作感到好奇。他不想给任何人看这些画，但他们却纠缠不休。他受不了这种折磨与逼迫，只好把房间的钥匙交给一位熟人，自己出门旅行——他不希望别人当着他本人的面看他的画作。

人们从四面八方赶来欣赏、品评，他的画作引起了巨大的轰动。人们从这位画家身上看到了一种魔鬼般的天赋。他虽然古怪，但显然得到了上天的恩典，就连最著名的鉴赏家也都这样称赞道。

与此同时，画家阿尔伯特来到一个村庄，向村民租了一个房间，拿出他的颜料和画笔。他再一次愉快地穿行于峡谷与高山之间，将自己的经历和感受融入画作之中。

没多久，他通过报纸了解到，全世界的人都已经看过他的画作了。他坐在酒馆里，端着一杯酒，在来自故乡首都的报纸上仔细读着这篇长而优美的文章。他的名字被用加粗加大的印刷体印在上面，到处都是热烈的溢美之词。但当他继续读下去的时候，他觉得越来越奇怪。

"这幅画以黄色为背景、蓝色为主调，画中的女士多美啊！这是一种全新的、闻所未闻的大胆方式，却具有迷人的和谐性！"

"这幅玫瑰静物画的造型与表达技巧也很独特，还有这一系列的自画像！我们可以将它们称为心理肖像艺术的最佳作品。"

奇怪，太奇怪！他不记得自己画过玫瑰静物画，也不记得画过以蓝色为主调的女人，而且，他也没有画过任何一幅自画像。此外，文章丝毫没有提及黄色黏土河岸、精灵和烟雨迷蒙的天空，也没有谈到任何他喜爱的画作。

阿尔伯特回到了自己的城市。他一身旅人打扮回到住所，这里如今门庭若市。有一个男人守在门口，阿尔伯特不得不买了一张门票才能进去。

他看到了自己的画作，每一张都很熟悉。但有人在画作旁边贴了标签，上面写着各种他不明所以的内容。许多画作都被命名为"自画像"。他若有所思地在这些画作和陌生的标签面前站了好一会儿。他发现，人们对这些画作的理解，跟他想要表达的可以完全不同；他还发现，自己画的花园围墙在别人眼里可能是一朵云，而布满罅隙的巨石在其他人眼里可能是一张人脸。

这其实不重要。但阿尔伯特还是离开了，继续漫游，再也没有回到这座城市。他后来又画了许多画，给它们取了许多不同的名字，他为此感到很高兴，但再也没有给任何人看过这些画。

（1918 年）

魔法师的童年

我一次又一次
下到你的井里，我在远处听到
过去温柔的传说和你金色的歌谣，
你如何发笑，如何做梦，如何低泣。
你的深渊里有一句咒语
低声地警告着；
我，已饮醉，已入睡，
而你不断地呼唤我……

在我的童年时代，我不仅仅是被父母和老师教育长大的，还受到了更高等、更隐蔽、更神秘的力量的照料，其中包括潘神^①，他以一个跳舞的印度神像的形象立在我外祖父的玻璃柜里。这个神与其他神灵照拂着我的童年，早在我学会读书写字之前就让我的头脑里充满了古老的东方图像与思想，以至于后来我每一次遇到印度和中国的圣贤，都感觉像

---

① 希腊神话中管理羊群和牧羊人的神。

是久别重逢，有一种回到家里的亲切感。尽管如此，我仍是一个欧洲人，而且我还是积极活跃的射手座，因此我一生都在努力践行西方的美德，例如激情、渴望和难以抑制的好奇心。幸运的是，我就像大多数孩子一样，在上学之前就学会了生活中最不可或缺和最有价值的东西。苹果树、雨水和阳光、河流和森林、蜜蜂和甲虫是我的老师，外祖父百宝柜里跳舞的潘神也是我的老师。我对这个世界了如指掌，我对动物和星辰毫无恐惧，我认识果园的路，我会在水里捉鱼，我学会了许多歌谣。我也能施展魔法，不幸的是，我很快就忘记了它们，直到年事已高才重新学习。总之，我拥有一个人童年时代可能拥有的全部的神奇智慧。

后来我上学了。我觉得这些功课很容易，也觉得它们很有趣。学校很聪明，它不去教那些在生活中必不可少的专业技能，专教一些有趣和美好的游戏活动，我自然乐在其中。此外，学校还教了一些知识，有一些我终身都牢记着。比如我至今依然记得许多美丽又诙谐的拉丁语单词、诗歌和谚语，以及世界上许多城市的人口数 —— 当然不是今天的，而是八十年前的。

直到十三岁的时候，我都从来没有认真想过我会成为什么样的人，要从事什么样的职业。像所有的男孩子一样，我

6III.37

对许多职业都相当喜爱和羡慕：猎人、船工、车夫、走钢丝的演员、北极探险家……其中我最想成为的是魔法师。这是我最深切、最炽热的心之所向，是我对所谓"现实"产生不满的表现。在我看来，这种"现实"不过是成年人之间愚蠢的协定。我从很早的时候起，就时而恐惧、时而嘲弄地拒绝接受现实，不仅如此，我心里还始终燃烧着一份斗志，那就是对现实施以魔法，使它发生变化，把它变得更好。我童年时立下的尽是些幼稚的目标：我希望苹果在冬天生长；希望通过魔法让我的钱包充满金银；我梦想用魔咒使我的敌人瘫痪，再宽宏大量地饶恕他们，让他们感到羞愧，然后宣布自己是胜利者和国王；我想找到隐秘的宝藏，想让人起死回生，还有让自己隐身。尤其是隐身术，这是我最珍视和渴望的魔法。

对魔法的渴望伴随了我的一生，这种渴望以各种形式出现，以至于我自己有时候都没有立刻辨认出来。当我长大成人，当了作家后，我经常努力消失在自己的作品后面，比如改个名字，把自己藏在那些意蕴丰富的戏称后面。奇怪的是，这些尝试经常被我的同行憎恨和误解。我回过头看才发现，这种对魔法的渴望，影响了我的一生。魔法的目标随着我所处人生阶段的不同而改变：我逐渐从外部世界抽离出来，只沉浸于自己的内心；我不再致力于用魔法改变外物，而是努力用魔法改变自己；我不再追求靠隐身帽来隐身，而是想要学会智者的隐身术，即那种明明洞悉了一切，却不被人察觉的境界。事实上，这就是我人生中最重要的追求。

我以前是个活跃又幸福的男孩，在美丽多彩的世界里尽情嬉戏，无论身在哪里，我都好像在自己家里一样自在。跟真实的动植物相处我很开心，在幻想和美梦中进入充满能量的原始森林，我也同样高兴。对魔法炽热的爱并不会让我觉得痛苦，反而让我更快乐。有些魔法我那时候玩得很好，多年后再捡起来玩时就差劲多了，只是当时我并不知道。例如，我很容易得到别人的爱，很容易对别人产生影响，很容易扮演一个领导者、被追求者或神秘人的角色。很多比我小的朋友和亲戚，许多年来一直虔诚地相信我有法力，相信我有一大笔隐藏的宝藏和皇冠。在很长一段时间里，我都像生活在幻想世界中一样。童年的梦想持续了很久，我觉得世界属于我，一切都尽在眼前，一切都是为我布置的美好游戏。每当我心有不满时，这个世界就阴云密布，显得有些可疑。不过，大多数时候，我都能轻松地找到一条出路，进入一个更自由、更顺畅的幻想世界。当我从那里回来的时候，现实世界又变得美好且值得热爱了。总之，我有很长的时间都生活在幻想世界里。

　　父亲的小花园里有一个板条箱，我在那里养了几只兔子和一只温顺的乌鸦。在那温暖的环境里，我度过了数不清的时光，几乎和世界的历史一样长。兔子们散发着生命的芬芳，散发着草和牛奶的香味，散发着鲜血和生殖的气息；而乌鸦那双冷酷的黑眼睛里，永久地闪耀着生命的长明灯。晚上我也不愿离去，情愿伴着摇曳的烛光，待在温暖、困倦的动物旁边。我常常独自一人或带一个朋友，制订各种计划：开采巨大的宝藏；找到曼德拉草的根茎；前往需要被拯救的

世界斩杀强盗、解救不幸者、释放俘虏、烧毁强盗的堡垒、处决告密者、原谅不忠的仆人、赢得国王的女儿，还要听懂动物的语言。

外祖父的大书房里有一本沉重的大书，我经常读它。这本书里有许多古老而奇特的图画——它们常常在第一次打开的时候闪闪发光地出现，但如果刻意去寻找，反而找不到，它们消失了，仿佛从来不曾出现过。

这本书里有一个非常美丽、不可思议的故事，我经常读这个故事。它也不是每次都能被找到，必须在恰当的时机才可以。它时常消失得无影无踪，不知道藏哪儿了，好像总是在改变住所。当你读它的时候，有时候它非常友好，几乎可以让你完全读懂；有时候它又相当晦涩，就像紧闭的阁楼门，暮色中偶尔从门缝里传来精灵发笑或呻吟的声音。一切都是现实，一切都充满魔力，两者互相缠绕，密不可分，都属于我。

外祖父玻璃柜里跳舞的印度神像也不总是同一尊神像，它并不总是摆出同一副面容，也不是所有时候都跳同样的舞。有时它是一尊被异国制造出来并受人顶礼膜拜的神像，看起来奇特且有些滑稽。有时它是一个魔法作品，内涵丰富，阴森恐怖。它贪婪、邪恶、严厉、无常、爱嘲讽人，它似乎想诱惑我嘲笑它，然后再找我复仇。虽然它是用黄铜铸成的，但它的眼珠却灵活得很，有时候还会斜着眼看我。在其他时候它又完全是一个象征物，不丑也不美，不邪恶也不善良，不可笑也不可畏，简单、古老、难以解读，就像一道符文，像岩石上的苔藓，像鹅卵石上的花纹。在它的外形、脸庞和图像后面住着神，那位无限者。那时候我还小，不知道他的名字，但我依然崇拜它，后来我叫他湿婆、毗湿奴、永生、梵天、阿特曼、道或永恒之母。他是父亲也是母亲，是女人也是男人，是太阳也是月亮。

在玻璃柜的神像旁边，以及外祖父的其他柜子里，还或立、或挂、或平放着许多物件和摆设：木珠手串，刻着古老印度文字的棕榈叶卷轴，用绿色皂石切割而成的或用木头、玻璃、石英和黏土做成的小神像，上面有刺绣的丝绸和亚麻床具，黄铜酒杯和碗。所有这些都来自印度，来自锡兰（那是一个天堂岛，有高大的蕨类树木和棕榈海岸，还有双眼像小鹿一样温柔的僧伽罗人），来自暹罗，也有一些来自缅甸。所有的一切都散发着海洋、香料和远方的气味，散发着肉桂和檀香木的气味。

所有的一切都是由棕色和黄色的巧手打造完成的，都被热带的雨水和恒河水浸润，被赤道的阳光暴晒，被原始森林遮蔽。所有这些东西都属于我的外祖父，而他，这位年老的、可敬的、强大的人，留着茂密的白须，无所不知，比我的父亲和母亲更强大。他还拥有许多其他的物件和本事：除了拥有印度神像和玩具，所有的雕塑和绘画，施了魔法的喝椰子水的杯子和檀香木箱，以及大厅和图书馆，他还是一位魔法师，一位学者，一位智者。他懂人类所有的语言（超过三十种），也许还懂神灵的语言，也许还懂星星的语言。他会用巴利语和梵语交谈和写作，他能唱卡纳达语、孟加拉语、印度斯坦语和僧伽罗语的歌曲。他在炎热危险的东方国家待了几十年，曾经乘小舟和牛车旅行，骑过马匹和骡子。没有人比他更清楚，我们这座城市乃至整个国家只是地球上很小的一部分，有千百万的人与我们信仰、风俗、语言和肤色都不同，他们敬畏别的神灵，有着其他的美德和恶行。我爱他，崇拜他，也惧怕他，对他有着所有的期待和全部的信任。我不断地向他学习，也向他那穿着神袍将自己伪装成神像的潘神学习。这个人是我母亲的父亲，长期住在一片满是秘密的森林里，就像他的脸，也是住在一片白须森林里。他的眼睛里时而流露出悲天悯人的情怀，时而流露出欢愉的智慧，时而流露出孤独的见识，时而流露出神圣的戏谑。许多国家的人都认识他、崇拜他，他们也来拜访他，用英语、法语、印度语、意大利语和马来语和他进行长时间的交谈，然后不留踪迹地离开。这些人也许是他的朋友，也许是他的使臣，也许是他的用人和委托人。

从这个深不可测的人那里，我也了解了我母亲身上的神秘感——那种隐秘、古老的感觉——来自哪里。她也在印度待了很久，她也会用马拉雅拉姆语和卡纳达语①交流和唱歌，能和白发苍苍的老父亲用神秘的语言对话。像他一样，她有时也露出一种陌生的微笑，一种朦胧的睿智的微笑。

我的父亲则不同。他茕茕独立，既不属于神像和外祖父的世界，也不属于城市的日常生活，而是孤独地站在边缘，过着清苦求索的日子。他博学、善良，绝不虚伪，对追求真理的事业充满热情，但他离那种陌生的微笑很遥远。他高贵、温和，不隐瞒任何秘密。他始终保持着善良和聪颖，从没被隐没在外祖父营造的魔法世界般的云山雾罩中，他的面容也从来没有迷失在天真与神性中。父亲和母亲说话时不用印度语，而是用英语和纯正、清晰、优雅、带有波罗的海口音的德语。正是这种语言吸引了我，赢得了我的喜爱，让我接受了他的教导。我常常满怀敬意和热情，过分努力地模仿

---

① 马拉雅拉姆语和卡纳达语都是印度人使用的语言。

他说话，尽管我知道我的根深深地扎在母亲的土壤里，在由黑眼睛和各种秘密组成的世界^①里成长。母亲擅长音乐，父亲却连唱歌都不会。

除了姐姐，我还有两个哥哥，他们俩受到了很多人的羡慕和崇拜。我们周围有一座古老的小城，地势起伏不平。城市周围是树木繁茂的群山，有点阴森森的，其中有一条美丽的河流盘曲着缓缓流淌。我热爱这一切，称之为故乡。在这片森林、这条河流之间，我认识了植物和土壤，岩石和洞穴，熟悉了小鸟、松鼠、狐狸和游鱼。这一切都属于我，都是我的，都是故乡——但除此之外，还有玻璃柜和大书房，还有外祖父无所不知的脸上和善的嘲弄，还有母亲深沉而温暖的目光，还有海龟和神像，印度的歌谣和箴言。它们向我许诺了一个更广阔的世界，一个更辽阔的故乡，一种更古老的出身和一种更广泛的关系。瞧那上面，在那个高高的鸟笼里，坐着我们那只灰红色的鹦鹉，它年老且机智，有着博学的脸孔和尖利的鸟喙。它会唱

---

① 指东方文化。

歌，也会说话，它也来自远方，是这里的陌生来客，啼鸣着混乱的语言，散发着赤道的气息。地球上的许多个地点，伸出长长的手臂，放射出耀眼的光芒，一束束光芒交汇在我们的房子里。我们的房子宽大又老旧，有许多几乎是空置的房间，有地窖，有会传出响亮回声的走廊，散发着石头和寒气交织在一起的气味，还有数不清的堆满木头和水果、充斥着穿堂风的黑黢黢的阁楼。

不同世界的光芒在这栋房子里交织。人们在这里祈祷，在这里钻研印度语言学，在这里演奏优美的音乐，在这里了解佛教和道教的故事。这里的客人来自许多不同的国家，衣服上沾染着异乡的气味，手里拿着奇特的箱子——有皮制的，也有用树皮编成的，嘴里说着陌生的语言。在这里，穷人能吃饱饭，节日里会举行欢庆仪式，科学与童话比邻而居。这里还有我们有些惧怕的外祖母，我们也不太了解她，因为她不会讲德语，只讲法语。总之，这栋房子里的生活多姿多彩，不是所有人都能理解的。光线在这里能折射出许多种色彩，生活丰富又热闹。这一切都很美，我很喜欢，但我幻想的白日梦世界还要更美好、更丰饶。只有现实是不够的，魔法必不可少。

魔法在我们家和我的生活里无处不在。除了外祖父的橱

柜，还有母亲的，她有许多亚洲的布料、衣服和面纱。神像的斜视也藏着魔力。房子里一些古老的房间和楼梯的拐角处都充满了神秘的气息。此外，我心里的许多东西与外部世界也是暗合的。有一些事物和关联，只存在于我一个人心里，它们全部是为了我而存在。没有什么东西比它们更神秘、更难以表达、更远离日常生活，但也没有什么东西比它们更真实。那本大书里狡猾地浮现又隐身不见的图画和故事就已经说明了这一点。还有，我每次在不同的时刻去观察那些事物，它们的面孔都会发生改变。房门、花园小屋和街道在周日黄昏和周一早晨看起来是多么不一样啊！甚至在同一天里，当外祖父的精神主导那里的时候，卧室里的壁钟和父亲的精神主导那里的时候是截然不同的！当没有别人的精神主导，只有我自己的灵魂和事物玩耍，给它们取新的名字，赋予它们新的意义时，所有的一切又发生了多么天翻地覆的变化啊！一把大家都认识的椅子或凳子、火炉边的一片阴影、报纸上的一个标题，都可以变得美丽、丑陋或邪恶，变得意味深长或平庸乏味，变得令人渴望或令人恐惧，变得可笑或可悲。还有多少东西是坚固、稳定和持久的呢！一切都在接受变化，渴望蜕变，蛰伏着等待瓦解与新生！

在所有的魔法现象里，最重要和最奇妙的还要数"小人儿"。我不记得第一次见他是什么时候了，但我认为他一直就在那里，他和我是一起来到这个世界上的。这个小人儿是一个矮小的像影子一样的灰色生命体，是一个小小的男人，是幽灵、山妖、精灵或恶魔。他有时会出现，在前面领着我走。我在梦里和清醒的时候都见过它，而且我必须服从他，甚于服从父亲，甚于服从母亲，甚于服从理智，常常也甚于服从恐惧。当我看到这个小人儿的时候，我就必须去他要去的地方，做他想做的事情。

他总会在危险关头现身。当我被一条巨型恶犬或愤怒的大孩子追着跑、处境糟糕的时候，这个小人儿就会出现，跑在我前面，给我指明道路。他指给我花园篱栅松脱的地方，让我在最后的危急时刻找到了出路；他给我示范接下来要做的事情：假摔、掉头、跑开、尖叫或沉默。有时候他会拿走我打算吃的东西，有时候他会领我去一个地方，在那里我能找到之前丢失的宝物。有段时间我每天都能见到他，有段时间他一直不出现。他不露面的那段时间我过得很不好，一切都晦暗不明、停滞不前。

有一次在集市广场上，小人儿走在我前面，他跑向广场中间巨大的石井，这石井足有一人高，旁边有四股水柱喷射到井里。他顺着石壁往上爬，爬到了井口边，我也跟着爬了上去。突然，他跳进了深水里，我也立刻跟着跳了下去。后来，我被一个年轻漂亮的女邻居救了上来。之前我根本不认识她，但从那以后，我们一直维持着美好的友谊，经常互相开玩笑，这给了我不少快乐。

有一次，父亲过问我做过的恶作剧。我说得结结巴巴，又一次感受到和大人交流的痛苦，要让成年人明白你的想法真的太难了。我流了几滴泪，受了一些轻微的惩罚。父亲为了让我长记性，送了我一本漂亮的小日历。我有些羞耻，对爸爸的处理方式很不满意，于是离开家，在一座桥上来来回回地徘徊。突然那个小人儿跑到我面前，跳上桥栏，用手势命令我将父亲的礼物扔到河里。我立刻照做，毫不怀疑，也不犹豫。只有当他不在的时候，我才会怀疑或是犹豫。

我记得有一天我和父母去散步，小人儿出现了，他走在街道的左边，我也跟过去。但父亲多次命令我走到右边，我也照做了，可是小人儿不肯过来，坚持走在左边，我不得不跑回左边找他。后来父亲也烦了，让我爱怎么走就怎么走。

回家后，父亲问我为什么这么不听话，一定要走街道的另一侧。这种时候我总是很尴尬，和别人谈论小人儿是我最不可能做的事了。泄露他的存在、提到他、谈论他，都是禁忌和恶行。我甚至无法设想他、呼唤他或祝福他。当他出现的时候，那当然很棒，跟上他就好了；当他不在的时候，就假装他从来没有来过。小人儿连名字都没有，可他一旦出现，我就必须跟随他才行。总之，他去哪里，我就跟他去哪里。并不是他命令或建议我做这个或那个，而是他做了什么，我就跟着做什么。事实上，让我不学他做事也不可能，就好像我的影子不可能不学我一样。或许我只是小人儿的影子或镜子里的影像，要不就反过来，他是我的影子和镜子里的影像。也许我自以为是在学他，但其实我是先于他或者与他同时行动。只是很可惜，他并不是一直都在，当他不在的时候，我的行动也失去了自主性和必要性，然后一切都可能不同，每一步的行动都有可能陷入松懈、犹豫与思虑。但我当时生活中那些快乐和幸福的步伐，全都是未经权衡就迈出的。也许，自由的王国也是假象的王国吧。

我和那个有趣女邻居之间的友谊是多么美好啊！她富有生气、年轻漂亮、头脑愚笨，是一个可爱的天才傻瓜。她让我给她讲强盗和魔法的故事，有时候非常相信我，有时候又一点也不信我，不过她认为我至少是一位来自东方的智者，我也乐于赞同她的想法。她对我很崇拜。有时候我给她讲一些有趣的东西，她还没听明白就放声大笑。我指责她："听着，安娜小姐，如果你还没有听懂这个笑话，你是怎么笑出来的？这样实在太傻了，对我来说也是一种冒犯。所以，要么你理解了我的笑话再大笑，要么你就别笑，别假装你听懂了。"她继续笑："不，你已经是我见过的最聪明的年轻人了，将来你会成为教授、部长或医生。你知道笑并不是坏事。我笑只是因为你让我高兴，因为你是世界上最有趣的人。现在，请你给我讲讲刚才那个笑话好笑在哪儿吧！"我仔细向她解释，她还是不太懂，不停地提问，最后她总算理解了这个笑话。于是她发出了真正的笑声，笑得肆意又迷人，这也感染了我。我们经常笑成一团，她对我万般宠爱和崇拜，被我深深吸引！有时候我给她说一些很难的绕口令，快速地连说三遍，比如"维也纳的洗衣工洗白色的维也纳衣服"，或者讲科特布瑟邮政信箱的故事。我坚持让她也尝试着说一下，但她总是还没有开始就已经笑起来，连前三个字都说不对，她也根本不想好好说，每次一开口就爆发出大笑声。安娜小姐是我认识的人当中最容易满足的人，我曾靠着少年人的小聪明，判定她是一个蠢笨的人——事实上她也的确是——但她过得很快乐，也很幸福。我有时认为幸福的人有某种隐秘的智慧，即便他们看起来很愚笨，这大概就是大智若愚吧。还有什么比聪慧更愚蠢，更让人不幸福的呢？

几年过去了，我与安娜小姐的来往渐趋淡薄。我长成了一个每天都要去上学的大男孩，逐渐感受到聪慧带给我的诱惑、痛苦与危险。我再一次需要她的帮助。这位有趣愚笨的安娜小姐和大多数成年人的不同之处在于她尽管愚蠢，却自然明理，永远活在当下，从不迷失，从未不知所措。大多数成年人不是这样的。当然也有例外，比如我母亲，活泼、神秘；还有我父亲，公正、聪慧；还有我外祖父，他几乎不是

一个寻常人，而是某种深藏不露、面面俱到、始终保持微笑、智慧永不枯竭的造物。但大多数成年人——尽管我不得不敬畏他们——却都是泥捏的神像。当他们和孩子们谈话的时候，他们那装腔作势、故作正经的表演是多么滑稽！他们的音调是虚伪的，他们的微笑也是虚伪的！他们觉得自己和自己的事业是多么重要！当他们穿过街道的时候，他们是那么严肃地将他们的工具、地图和图书挟在臂下，他们是那么渴望被认出、被问候、被尊重！有时周末人们来"拜访"我的父母，笨拙的双手藏在呆板的手套下，拿着自己的礼帽。快瞧瞧这些重要的、享有极高名誉的人的窘态吧，这些律师、法官、教师、董事和督察，还有他们那有些胆怯、神情压抑的妻子们！他们僵直地坐在椅子上，做什么都要互相谦让，进门、坐下、问答和离开，每件事都很费劲。对于这个小资产阶级的世界，并不需要像它要求的那样认真对待它，这一点我很轻松地就做到了，因为我的父母就不属于这个世界，他们自己也觉得这些人很滑稽。即使他们不演戏、不戴手套、不去拜访别人，我仍然觉得大多数成年人非常奇怪和可笑。他们是那么珍视自己的工作、工艺和官职，把它们当成了伟大和神圣的事业！当一名司机、一位警察或一个铺路工负责封住道路的时候，这对他们来说就是神圣的事情，人们必须离开这里，为他们的工作腾出空间，甚至施以援手。但如果是孩子们在做什么事情，或者玩耍，就一点也不重要了，他们随时可以被推到一边，被大声斥责。难道他们做的事情不如大人做的正当、善良、重要吗？哦不，恰恰相反。但大人有权力，所以他们可以发号施令。他们和孩子们一样有自己的游戏，他们玩消防演习，玩士兵突击，他们去俱乐部和酒馆，而且表现出一副这件事很重要、必须去做的样子，好像没有什么比这个更美好、更神圣的事情了。

　　他们中间也有智者，我承认，在教师里面也有。所有这些"大"人在以前都做过孩子，但没有完全忘记自己曾经也是孩子的人，是多么少啊！没有完全忘记孩子是如何生活、做事、玩耍和思考，以及喜欢什么又讨厌什么的人，真是少得可怜！这难道不是一件可疑的事情吗？只有很少、很少的人还记得上述这些！并不是只有恶人才会用邪恶的手段来对待孩子，动辄赶走他们，用嫌弃、厌恶的眼神看他们，有时候又好像有些害怕他们。事实上，很多大人也是如此，甚至包括那些善意的，偶尔愿意和孩子聊天的人。他们中的大多数人并不知道要聊些什么，他们和孩子谈话的时候也显得刻意又尴尬，因为他们想融入孩子，但他们交往的不是真正的孩子，而是他们臆想出来的愚蠢漫画里的孩子罢了。

　　所有这些大人，几乎所有的，都生活在另一个世界，呼吸着与我们孩子不同的空气。他们常常不比我们聪明，除了那种神秘的权力，他们没有什么地方是强过我们的。他们更强壮，但身体上的强壮，真的算一种优势吗？那岂不是任何一头牛、一头大象都比一个成年人强壮得多吗？但他们拥有权力，可以发号施令，判定在自己的世界和模式里什么是对的。

　　还有一件对我来说非常奇怪、有时甚至觉得可怕的事情：许多大人似乎很羡慕我们孩子。有时他们会非常天真、坦率地说出来，同时伴随着一声叹息："是啊，你们这些孩子多幸福啊！"如果这不是谎言——这也确实不是谎言，我有时候能察觉到这些话语是否是真的——那么这些大人，这些有权有势、身份高贵、发号施令的大人，并不比我们这些必须服从和尊敬他们的小孩过得快乐。我在音乐课上学过的歌曲里，有一首歌的副歌部分令人惊讶地唱道："真幸福，真幸福，做孩子真幸福！"奥秘就在这里。我们这些孩子拥有大人没有的某种东西，他们虽然更高大、更强壮，但在某种程度上比我们更可怜！虽然我们经常羡慕他们高挑的身材、他们的尊严、他们表面上的自由、他们的胡须和长裤，但他们有时候也羡慕我们孩子，甚至还会把这种羡慕写进歌里，然后把它唱出来！

　　尽管如此，我的童年还是很幸福的。世界上的许多事情，包括学校里的那些事情，虽然不尽人意，但我依然很幸福。我常常被人灌输一种观念——人类不是为了实现自己的欲望才来到这个世界的，真正的幸福只有经过考验与试炼才能获得。我学过的许多格言与诗句也都是这样说的，它们非常美丽和感人，但这些东西能讨我父亲的喜欢，却无法点燃我的情感。当我生了病、愿望没有实现，或者和父母吵架的时候，我很少逃到神明那里寻求安慰，而是选择其他的逃避方式，重新恢复明朗。如果寻常的游戏无法勾起我的兴趣，如果玩具轨道车、小商店和童话书都让我感到无聊，我就会想出一种新的最棒的游戏来：晚上，我心无杂念地躺在床上，闭上眼睛，沉浸在眼前出现的童话般的斑斓轨迹中，幸福和神秘之光再次在我心中闪烁，世界又变得充满希望了！

　　前几年的学校生活并没有怎么改变我。但是渐渐地，我也不知不觉地学会了那首生活的虚伪之歌，学会了在所谓的"真相"和成人世界的法则面前妥协，学会了适应世界的"本来面目"。在这个过程中，我人生最初的花蕾还是慢慢地凋谢了。我终于理解了为什么大人的歌曲里有"真幸福，真幸福，做孩子真幸福！"这样的歌词，很多时候我都有点羡慕那些更小的孩子了。

十二岁的时候，我要选择是否学习希腊语，我毫不犹豫地回答说学，因为我觉得自己应该成为像父亲和外祖父那样博学多才的人。从那天起，他们就为我制订了一个人生计划：我以后应该上大学，成为语言学家，因为这样就可以得到奖学金。外祖父以前就是这么走过来的。

从表面上看，这不是一件坏事。但现在我突然有了一个未来，我的道路上有了一块路标，每一天、每一月都指引我走向写在上面的目标。一切都指向那里，一切都引领我远离迄今为止我所过的生活——有意义但没有目标，不能演化出一个未来的生活。大人的生活开始诱捕我，起先是一缕头发或一根手指，但很快就将我完全束缚，牢牢抓住，这就是追逐目标、追逐数据的生活，就是秩序、官职、职位和考试的生活。很快我就会迎来这样的生活，我会成为大学生、博士和教授，会戴着礼帽到处拜访，戴皮手套，会不再理解孩子，也许还羡慕他们……我不想离开我那美妙而甜蜜的世界。我为自己的未来制定了一个秘密的目标，一个我满怀热忱、渴望实现的目标——成为一名魔法师。

在很长一段时间里，我都忠于这个愿望和梦想。但它逐渐失去了那种压倒性的力量，它有敌人，就站在它对面。真实、严肃和不可否认的事物都是它的敌人。花儿慢慢地、慢慢地枯萎了，我慢慢脱离无限的世界，周围渐渐出现了各种限制，那是真实的世界，大人的世界。尽管成为魔法师的愿望依然强烈，但它在我的眼里却失去了价值，连我自己都觉得很幼稚。有些东西，当人一旦置身其中，就已经不再是孩子了。那个原本有千万种可能性的无限世界已经在我面前划了界限，分割成了大大小小的区域，被栅栏分隔开来。我童年生活的原始丛林也慢慢地变了形貌。我变了，不再是过去那个有千万种可能的国度里的王子和国王了。我没有成为魔法师，而是学了希腊语，两年后我还会学习希伯来语，六年后我会成为一名大学生。

这些束缚在不知不觉中发生，魔法在不知不觉中消散。外祖父的大书里那个精妙的故事还是那么美丽，但它就在我所知道的页码上，今天、明天和每一刻，它都在那里，不再有奇迹发生。来自印度的黄铜舞神保持着始终如一的微笑，我不再那么频繁地打量它，也再没看到它斜眼看我了。此外，最糟糕的是，我越来越少见到那个灰色的小人儿了。我周围的一切都摆脱了魔法，以前宽阔的东西变得狭窄，以前珍贵的东西变得寒碜。

　　但我只是隐隐约约地感受到这些变化，十分肤浅。我依然快乐，我学会了游泳，学会了在冰上奔跑，我的希腊语课程得了第一名。一切似乎都很完美，只是什么东西都有点褪色，什么声音都显得有点空洞，我也厌倦了去安娜小姐那里。过去我所经历的一切，有些已经在不知不觉中遗失了，是我不曾留意，也不曾惦记的东西，但它们终究还是不见了，消失了。如果我现在想再一次完整地、炽热地感受自我，就需要更强烈的刺激，比如来回晃动身体，然后再跑上一段。我开始喜欢吃香料味道浓郁的菜肴，还经常吃甜点，只为了给自己带来某种特殊的乐趣，因为普通的生活不够鲜活、不够美丽。

（1923 年）

图书在版编目（CIP）数据

黑塞童话故事 /（德）赫尔曼·黑塞著；钟皓楠，
刘晓译 . 一 上海：上海人民美术出版社，2023.2（2023.8 重印）

（大作家写给孩子们）

ISBN 978-7-5586-2510-7

Ⅰ.①黑… Ⅱ.①赫… ②钟… ③刘… Ⅲ.①童话 –
作品集 – 德国 – 近代 Ⅳ.① I516.88

中国版本图书馆 CIP 数据核字（2022）第 219329 号

黑塞童话故事

著　　者：[德] 赫尔曼·黑塞
译　　者：钟皓楠 . 刘　晓
项目统筹：尚　飞
责任编辑：张琳海
特约编辑：周小舟　贺艳慧
装帧设计：墨白空间·李　易
出版发行：上海人民美术出版社
　　　　　（上海市号景路 159 弄 A 座 7 楼）
　　　　　邮编：201101　电话：021-53201888
印　　刷：北京盛通印刷股份有限公司
开　　本：880mmx1230mm　1/32
字　　数：132 千字
印　　张：8.75
版　　次：2023 年 2 月第 1 版
印　　次：2023 年 8 月第 3 次
书　　号：978-7-5586-2510-7
定　　价：76.00 元

读者服务：reader@hinabook.com 188-1142-1266
投稿服务：onebook@hinabook.com 133-6631-2326
直销服务：buy@hinabook.com 133-6657-3072
官方微博：@ 浪花朵朵童书